le jardin de la licorne

JACQUES SADOUL	*ŒUVRES*
Cycle du Domaine de R. :	
LA PASSION SELON SATAN	*J'ai Lu* 1000**
LE JARDIN DE LA LICORNE	*J'ai Lu* 1045**
LES HAUTES TERRES DU RÊVE	
HISTOIRE DE LA SCIENCE-FICTION MODERNE	
Tome I - DOMAINE ANGLO-SAXON	*J'ai Lu* D66***
Tome II - DOMAINE FRANÇAIS	*J'ai Lu* D67*
L'ENFER DES BULLES	
LE TRÉSOR DES ALCHIMISTES	*J'ai Lu* A258***
L'ÉNIGME DU ZODIAQUE	*J'ai Lu* A299**
LES FILLES DE PAPIER	
LES TROIS VISAGES DE L'ASTROLOGIE (en collaboration avec M. Gauquelin)	
HIER, L'AN 2000	
LE GRAND ART DE L'ALCHIMIE	*J'ai Lu* A329*
PANORAMA DE LA BANDE DESSINÉE	*J'ai Lu* D75***

JACQUES SADOUL

le jardin de la licorne

Éditions J'ai Lu

A madame Régine Raveau qui, il y a quinze ans, m'aida à concevoir la trame de ce livre.

LIVRE I

LE PREMIER ŒUVRE

« Ce qui réellement existe ne peut cesser d'exister, de même ce qui est non existant ne peut commencer d'exister. La fin de cette opposition d'être et de non-être a été perçue par ceux qui voient les vérités essentielles. »

Bhagavadgitâ, II, 1.

CALCINATION

Le maître du domaine de R. prit la cassette contenant la poudre d'or et l'ouvrit. Elle était vide et Joachim Lodaüs ne put retenir un mouvement de contrariété. Il négligeait trop souvent de tels détails.

Lodaüs possédait la Science, mais il avait appris, au cours de sa trop longue existence, que l'or réussit souvent là où la Magie échoue. Il montra la cassette vide à son familier, Aï-d'Moloch, un chat noir de taille imposante. Ce n'était pas un animal ordinaire, mais un Maître-Chat venu du monde des Rêves, cet univers onirique qui coexiste avec le nôtre et auquel seuls quelques rares mortels ont accès.

D'un pas lent, raidi par l'âge, le châtelain traversa la grand'salle et s'engagea dans l'escalier qui descendait au laboratoire. Arrivé dans l'immense pièce, il se dirigea tout au fond, dans la partie réservée aux opérations d'Hermès. Aï-d'Moloch vint le rejoindre, attendant les ordres.

– Il faut trouver quelque chose à transmuer. Cherche! lui commanda son maître.

Le chat était rompu à cet exercice, et il ne tarda pas à extraire une vieille cuillère en étain du fond d'un bahut rongé par le temps. Il la prit dans sa gueule et revint la déposer aux pieds de Lodaüs. Celui-ci la ramassa et, après l'avoir examinée, lui fit signe d'aller en chercher d'autres.

Lorsque le chat en eut rapporté une dizaine, Lodaüs les jeta dans un petit mortier de bronze et plaça celui-ci au-dessus d'un feu ardent. Il entretint la flamme au soufflet jusqu'à complète fusion du métal, puis, d'une poche intérieure de son vêtement, il tira une petite boîte. Il l'ouvrit avec précaution, attentif à ne pas laisser tomber une parcelle de la substance qu'elle contenait, une poudre rouge rubis ayant la consistance du verre pilé. Il en prit un grain et le jeta dans l'étain en fusion. Une épaisse fumée s'éleva de la préparation. Le châtelain la coiffa d'un couvercle, puis alla s'asseoir dans son fauteuil derrière un bureau encombré d'un monceau de livres et de papiers dont le jaunissement trahissait l'ancienneté.

La transmutation pouvait désormais rester sans surveillance et serait complète au bout d'un quart d'heure environ. Lodaüs profita de cette attente pour surveiller la température régnant dans l'athanor, le fourneau qui lui servait à l'élaboration de la Pierre philosophale. Le châtelain, qui détestait pourtant les techniques modernes, était allé jusqu'à utiliser du gaz butane pour obtenir une chaleur constante. Il ne devait jamais manquer de Pierre, car elle lui fournissait à volonté la poudre de projection permettant de transmuer n'importe quel métal en or, mais aussi l'élixir de longue vie grâce auquel il prolongeait son existence d'année en année.

Au bout d'un quart d'heure, le châtelain revint au mortier, le prit au moyen de longues pincettes et fit couler le métal fondu dans une lingotière; il était désormais d'un beau jaune.

– Il n'y a plus qu'à laisser refroidir l'or, dit-il à son familier. Maintenant, il est temps de penser à l'Opération que nous comptons entreprendre et je vais procéder au jet géomantique.

Le châtelain prit une poignée de petits galets blancs et la jeta dans un bac rempli de sable soigneusement lissé. Cela fait, il se pencha sur le bac et réunit les pierres par quatre lignes tracées du bout du doigt. Il compta les galets de chaque ligne et nota les résultats sur un bout de papier. Il reprit les pierres, lissa le sable et répéta trois fois l'opération. Ensuite, il additionna les galets des diverses rangées et marqua un point pour chaque nombre pair, et deux points pour les résultats impairs. Il obtint ainsi quatre figures dissymétriques et reporta ces résultats dans les premières maisons du thème géomantique, puis calcula les figures suivantes qui dérivaient des premières. Lodaüs arriva ainsi à la dernière, la quinzième, dénommée le Juge, car elle est la résultante du thème et répond à la question du consultant.

Le châtelain avait l'habitude de combiner l'art des anciens devins de l'Islam avec l'astrologie, et avait toujours été satisfait des résultats obtenus. Ainsi ne manquait-il jamais de consulter le Destin avant d'entreprendre quelque action d'importance.

Suivant en cela une vieille habitude, il s'adressa au chat, ami, confident, conseiller peut-être.

– Notre Opération comporte deux possibilités, tu le sais, Chat : animer un *golem* ou créer un *homunculus*. Un *golem* est relativement aisé à réaliser, mais on court toujours le risque de le voir se libérer de l'emprise de son créateur et même se retourner contre lui. L'*homunculus* serait plus facile à dominer, mais le sort parle contre cette solution. Voici la résultante du thème géomantique : en Témoin gauche, j'ai obtenu la figure nommée *Fortuna minor,* la victoire sortante. Inutile de t'en dire plus, je pense. Le Témoin droit, qui représente l'avenir, est un peu meilleur puisqu'il s'agit d'*Albus,* la Judicieuse, *Albus* qui préside à l'apaisement et au mysticisme, tu le sais. Mais le Juge a rendu son verdict, et il est sans appel : c'est *Cauda draconis*! Cette Queue de dragon, symbole de tout ce qui se dissout, de tout ce qui perd sa forme pour retourner à la matière. Rien ne pouvait plus précisément annoncer l'échec de cette possibilité.

Le châtelain se dirigea vers un grand zodiaque mural sur lequel on pouvait déplacer des cercles métalliques figurant les planètes. Il consulta les éphémérides du jour, fit quelques calculs d'interpolation et établit la carte du ciel. Un ascendant maléficié, un Soleil en chute, et Saturne en opposition à la Lune eurent tôt fait de le convaincre de la justesse du verdict des galets jetés au hasard sur la surface du sable vierge.

Il secoua pensivement la tête et contourna son bureau pour venir s'arrêter devant les rayons surchargés de la bibliothèque. Elle était uniquement composée d'ouvrages relevant de la science hermétique, de traités de techniques divinatoires, et de rituels de magie noire. Le *Novum lumen chymicum* du Cosmopolite y voisinait avec la *Tétrabible* de Ptolémée, et l'on pouvait y découvrir le sinistre *Necronomicon,* composé par l'Arabe dément, Abdul al-Hazred, dans un exemplaire couvert d'annotations de la main du châtelain.

Joachim Lodaüs laissa errer un instant sa main parmi les rayons puis trouva le volume qu'il recherchait, une édition originale du *De Natura rerum* du médecin de Schwitz, Paracelse.

– Voyons ce qu'a dit ce médecin ivrogne et bavard. Ecoute bien, Chat : « N'oublions pas de parler de la formation des *homunculi.* Il y a dans ce fait un fond de vérité, quoiqu'il soit longtemps demeuré secret... » Passons... Ah! Nous y sommes : « Voici comment il faut procéder pour y parvenir. Renfermez pendant quarante jours dans un alambic de la liqueur spermatique d'homme; qu'elle s'y putréfie comme un ventre de cheval en décomposition, jusqu'à ce qu'elle commence à vivre et à se mouvoir, ce qu'il est facile de reconnaître. Après ce temps, il apparaîtra une forme semblable à celle d'un homme, mais transparente et presque sans substance. Si, après cela, on nourrit tous les jours ce jeune produit, prudemment et soigneusement, avec du sang humain, et qu'on le conserve pendant quarante semaines à une chaleur constamment égale à celle du ventre d'un cheval, ce produit devient un vrai et vivant enfant, avec tous ses membres, comme celui qui est né de la femme, mais beaucoup plus petit. C'est là ce que nous appelons l'*homunculus.* »

Lodaüs jeta le livre sur sa table de travail avec dégoût.

– Un fatras de superstitions, voilà ce que rapporte ce coureur de jupons! Il n'y a rien d'utilisable là-dedans. Nous choisissons donc d'animer un *golem,* tu es bien d'accord, Chat?

Gravement, Aï-d'Moloch inclina la tête en signe d'assentiment.

– Très bien, reprit le châtelain. L'Opération va requérir toutes mes forces et il serait bon que je sois un peu plus ingambe. Recourons à la médecine universelle, il n'y a rien de meilleur, Chat, surtout si on la prend diluée dans du vin de Gaillac. C'est une recette que j'ai apprise dans les écrits d'un alchimiste du début du XVe siècle, Denis Zachaire; il ne faut pas négliger les opinions de ses cadets.

Le châtelain absorba une fraction impalpable de Pierre philosophale diluée dans du vin blanc et resta immobile dans son fauteuil pendant près d'une heure. Lorsqu'il se releva, sa démarche était plus alerte, quoique encore un peu raide, ses mouvements plus vifs, son regard plus perçant. Toujours suivi de son familier, il remonta dans la grand'salle du manoir et écrivit rapidement un billet qu'il tendit à Aï-d'Moloch :

– Fais tenir ceci au notaire de F. Dès cet instant notre Opération est commencée, et ce sera une œuvre de vengeance.

SUBLIMATION

Tous les matins, Sandra Fennini lisait les annonces du *Petit Bleu de l'Agenais* dans l'espoir d'y découvrir du travail. Cela faisait maintenant six mois qu'elle était séparée de son mari, et ses économies avaient presque complètement fondu. Inutile, bien sûr, d'espérer reprendre sa profession d'infirmière; après ce qui était arrivé, elle ne serait plus engagée nulle part.

Ce jour-là elle parcourait distraitement les annonces, découragée, lorsqu'un mot attira son œil : garde-malade. Elle lut avidement le texte suivant :
« Recherchons une garde-malade expérimentée pour patient difficile. Salaire élevé. Prendre contact avec l'étude de Maître Leclerc à F. »

Suivaient l'adresse et le téléphone.

« J'y vais », se dit-elle sans même réfléchir plus avant. Lorsqu'on sombre, n'importe quelle planche peut vous sauver; après tout, des patients difficiles, elle en avait connu d'autres lors de ses années d'hôpital.

Sandra retira sa nuisette et vint se planter devant la glace. « Je repars à zéro », se murmura-t-elle à elle-même. Elle se considérait sans indulgence, trente ans, brune décolorée en blonde, des traits réguliers quoique un peu durs. Ses seins trop lourds et son ventre bombé trahissaient son origine italienne, mais elle avait la chance d'être grande ce qui, pour quelques années encore, masquait un peu ces défauts. Elle pouvait encore plaire, décida-t-elle.

Tout enfant, lorsqu'elle parcourait les longues plages de sable fin qui vont de Rimini à Riccione, elle avait rêvé d'un avenir brillant où elle deviendrait médecin. Le salaire de son père, maçon, même une fois émigré en France, lui permit seulement de suivre des cours d'infirmière. Elle était intelligente et aurait pu faire mieux, lui avaient dit ses professeurs, mais le destin en avait décidé autrement.

Elle vit dans l'opportunité qui se présentait à elle aujourd'hui, un moyen de prendre sa revanche sur la vie; pas un instant il ne lui vint à l'idée qu'une autre pût obtenir la place.

Après une rapide toilette, Sandra s'habilla et descendit au premier café pour téléphoner au notaire de F. Elle fut soulagée d'apprendre que le poste était toujours vacant, son interlocuteur lui précisa que le salaire était réellement élevé, mais qu'il préférait lui donner davantage de précisions de vive voix. Le village de F. était distant d'à peine vingt kilomètres d'Agen, aussi la jeune femme promit-elle de se présenter une demi-heure plus tard. Elle prit juste le temps d'avaler un café au lait et alla chercher sa vieille 2 CV, garée sur une contre-allée de l'esplanade du Gravier.

Sandra conduisait vite et mal à l'ordinaire mais, ce jour-là, elle se montra prudente, ne voulant pas risquer de laisser passer cette chance qui s'offrait à elle. Le salaire était « réellement » élevé, lui avait dit la voix au bout du fil. Elle ne pouvait s'empêcher d'y penser sans cesse, quatre mille, cinq mille francs par mois, des chiffres tournaient dans sa tête, peut-être plus... Elle se sentait physiquement et moralement prête à tout pour obtenir ce poste, il lui restait moins de quatre cents francs sur son compte en banque et elle devait trois mois de loyer.

Le village de F. était tout petit et elle n'eut même pas à s'enquérir de l'étude de Maître Leclerc; son panonceau ornait la façade d'une vieille maison de la place centrale où elle venait de garer sa voiture.

– Je m'appelle Sandra Fennini, je viens pour l'annonce, dit-elle à une femme entre deux âges qui avait répondu à son coup de sonnette.

– Monsieur le notaire vous attend, entrez, mademoiselle.

Le « mademoiselle » plut à la jeune femme, elle y vit un signe favorable.

Maître Leclerc était un sexagénaire replet, il paraissait un peu mal à son aise.

– Asseyez-vous, madame Fennini. Vous êtes italienne, je pense?

– J'ai la double nationalité, maître, mes parents sont venus s'installer en France lorsque j'avais dix ans. Depuis, j'ai épousé un Français, mais je suis en instance de divorce. Cela a-t-il une importance quelconque?

– Non, c'était pour mieux vous situer; votre nom et une trace d'accent m'avaient fait supposer votre origine. Pour en finir avec les questions personnelles, avez-vous des enfants?

– Non, je n'en ai jamais eu.

– Parfait. Vous répondez donc aux deux conditions exigées par mon client, célibataire et sans enfants. Votre qualité d'infirmière, que vous m'avez indiquée au cours de notre entretien téléphonique, est un autre point en votre faveur. Je ne vous cacherai pas que, si vous êtes encore d'accord, le poste est à vous.

– Qu'a donc de si difficile ce patient? ne put s'empêcher de demander Sandra, un peu étonnée des réticences du notaire.

– Cela, je n'en ai pas la moindre idée, chère madame. Je dois vous préciser encore que le salaire est de dix mille francs par mois, soit un million ancien, tant que votre présence sera nécessaire, plus une prime de dix mille francs lors de votre départ.

Sandra resta bouche bée : tout cet argent pour elle, de toute sa vie elle n'en avait jamais tant eu. Mais que fallait-il donc faire pour le gagner?

– Qu'est-ce que ça cache, maître? J'ai le droit de le savoir.

– C'est bien ce qui m'ennuie dans cette histoire, madame, je n'en sais rien moi-même. J'agis pour le compte de Joachim Lodaüs, châtelain et seul occupant du domaine de R.; seul occupant pour autant que je le sache.

S'il s'attendait à produire un effet, le notaire fut déçu, le domaine de R. n'évoquait visiblement rien pour la jeune femme. Elle se contenta de lever les sourcils en signe d'incompréhension.

– Ce nom ne vous dit rien, je vois. Evidemment, vous êtes trop jeune. Voyez-vous, le domaine de R. a toujours eu très mauvaise réputation et ce, depuis le Moyen Age. Les châtelains passaient pour des sorciers et des nécromanciens, et les crimes que les chroniques locales leur attribuaient sont réellement abominables. Superstitions que tout cela, sans doute. Néanmoins, le domaine présente quelques particularités anormales. Il y a vingt ans, on a associé au nom de l'actuel propriétaire, M. Lodaüs, la disparition d'une jeune fille d'Agen, Josette Rueil. Je ne sais pas exactement ce qui s'est passé, l'affaire a été étouffée, mais on a reparlé à ce propos d'envoûtement et de pratiques de magie noire. Je tenais à vous en avertir.

– Je vous remercie, maître. Je suis moi-même assez superstitieuse, mais j'ai eu une vie difficile, on ne m'a pas fait de cadeaux et, croyez-moi, je sais me défendre. Votre manoir hanté ne me fait pas peur.

– Dans ce cas, c'est parfait, madame Fennini, la place est à vous. Je vais envoyer au châtelain une dépêche pour le prévenir. Mes ordres indiquent que vous devez vous présenter à R. demain soir à dix-neuf heures. Je dois enfin remettre cette enveloppe à la personne engagée.

Le notaire prit une grosse enveloppe brune scellée par un cachet de cire rouge. La jeune femme ne put résister au désir de l'ouvrir, elle contenait une liasse de dix billets de cinq cents francs, un mot y était épinglé. Sandra le lut et ne put retenir un cri étouffé.

– Qu'y a-t-il, madame? s'informa le notaire.

Sans répondre elle lui tendit la feuille de papier, et il lut : « *Avance sur le salaire de Sandra Fennini.* »

CRISTALLISATION

La matinée n'était guère avancée lorsque Sandra quitta le notaire. Elle décida de prendre la route du village de A. d'où partait l'embranchement conduisant au domaine de R., au dire du tabellion. C'était une petite route de coteaux, étroite et sinueuse, filant entre des vignes et des champs de maïs. Dans la plaine, un chemin de terre battue partait de la route et s'engageait bientôt dans une petite forêt touffue. Au-dessus, sur une falaise calcaire, on apercevait le manoir; il semblait désert.

Sandra voulut engager son véhicule dans le petit chemin, mais un malaise inexplicable la saisit et l'empêcha de poursuivre dans cette intention. Elle resta là un moment, arrêtée au milieu de la route, au volant de sa 2 CV, puis elle reprit la route d'A. Dans un désir d'autojustification, elle attribua son recul au fait qu'elle était attendue seulement le lendemain soir et qu'il valait mieux ne pas indisposer son futur employeur.

En traversant A., un vieux réflexe professionnel lui fit examiner la devanture de la pharmacie du village. « Docteur Paul Cazaubon », lut-elle machinalement. Vingt mètres plus loin elle garait sa voiture. Le pharmacien avait été hospitalisé quatre ou cinq ans plus tôt dans le service où elle travaillait. Une hernie étranglée, croyait-elle. Sandra gardait le souvenir d'un vieux monsieur affable et bavard, qui s'était montré un malade parfait pendant toute son hospitalisation. Peut-être ignorait-il dans quelles conditions elle avait été chassée de l'hôpital et accepterait-il de la recevoir.

La pharmacie avait gardé la couleur du temps passé. De grands bocaux de verre, emplis de substances ignorées de la pharmacopée moderne, ornaient une des deux vitrines; sans oublier les inévitables serpents nageant dans l'alcool. La clochette de la porte d'entrée fit surgir de derrière un comptoir une jeune fille un peu craintive.

– Vous désirez, madame?

– Je voudrais voir monsieur Paul. Mon nom ne lui dira rien, dites-lui que j'étais infirmière à l'hôpital d'Agen, lorsqu'il y a fait un séjour.

– Je vais le prévenir, madame.

La fille s'éloigna avec lenteur, non sans avoir lancé un regard appuyé à la visiteuse. Que pouvait-elle vouloir au pharmacien? Celui-ci parut quelques minutes plus tard en costume de jardinier, les mains tachées de terre et la tête coiffée d'un vieux chapeau de paille. Physiquement, il paraissait être resté le même, petit et rond, un peu plus ridé peut-être. Il reconnut Sandra sans hésiter et l'accueillit chaleureusement.

– Oh! Mais c'est ma petite Italienne! Je me souviens parfaitement de vous, mon petit, c'est gentil d'être venue me voir. Venez dans mon bureau, nous y serons mieux pour bavarder. Ma préparatrice peut très bien garder la boutique seule. C'est toujours calme le matin en cette saison et, comme vous le voyez, j'en profite pour faire du jardinage.

La jeune femme suivit le pharmacien dans l'arrière-boutique où il avait aménagé un bureau agréable. Il s'éclipsa un instant pour aller se laver les mains, et Sandra constata avec amusement que la pièce comportait autant d'outils et de produits de jardinage que de boîtes de médicaments. On sentait que le docteur Cazaubon devait apporter plus de soin à faire pousser ses asperges qu'à préparer ses potions! Il revint un instant plus tard et lui sourit paternellement.

– J'ai peur d'avoir oublié votre nom, dit-il. N'en veuillez pas à un vieil homme comme moi, je deviens gâteux.

La jeune femme ne put s'empêcher de rire de cette déclaration faite avec une désarmante gentillesse.

– Sandra Fennini, mais à l'époque, je portais le nom de mon mari, Lécureux. Nous sommes séparés.

– Ah! Quel dommage, mon petit! Je me suis toujours félicité d'être resté célibataire. Sandra, c'est cela, je me souvenais que vous portiez un prénom italien; d'ailleurs, il y a cinq ans, vous aviez plus d'accent qu'aujourd'hui. Désirez-vous boire quelque chose?

– Non merci, monsieur Paul, l'alcool me tourne la tête et je n'aime que les boissons alcoolisées. (Elle se fit rire elle-même.) C'est tout à fait par hasard que je suis passée devant votre pharmacie; j'ai alors vu votre nom sur la devanture et... et je me suis dit que vous pourriez m'aider.

– Si je le peux réellement, ce sera avec plaisir.

– A la suite de ma séparation d'avec mon mari, j'en ai eu assez de l'hôpital et j'ai décidé de changer de métier. Je n'ai pas eu beaucoup de chance jusqu'à ce matin. Aujourd'hui, une annonce a été placée dans le *Petit Bleu* par Maître Leclerc, le notaire de F. (de la tête, le pharmacien fit signe qu'il le connaissait), demandant une garde-malade. Je viens de le voir et j'ai obtenu le poste qui est, excusez-moi d'insister sur ce détail, exceptionnellement bien payé. Demain soir à dix-neuf heures, je suis attendue au domaine de R.

– Au domaine de R.!

Si l'effet attendu une heure plus tôt par le notaire de F. sur Sandra avait été raté, il fut en revanche réussi au-delà de toute espérance sur Paul Cazaubon. Le petit homme avait littéralement bondi de son fauteuil et arpentait maintenant fébrilement la pièce. Tout en marchant, il murmurait : « C'est impossible... voyons, c'est impossible... » Finalement, son agitation un peu calmée, il demanda à la jeune femme :

– Vous a-t-on indiqué le nom de votre, euh... futur employeur?

– Oui, Joachim Lodaüs.

– C'est bien lui, il n'y a pas de doute, c'est bien lui. Mais où était-il donc passé depuis toutes ces années? Ecoutez, mon petit, vous avez bien fait de venir me voir, mais je ne peux rien vous dire pour l'instant, il faut d'abord que je voie Marc. Marc, c'est l'abbé Laffite, mon meilleur ami. Quand devez-vous vous présenter au manoir?

– Demain à dix-neuf heures.

– Très bien, pouvez-vous venir déjeuner ici demain vers midi et demi? L'abbé sera là et, ce soir, j'aurai examiné la situation avec lui.

– Merci, monsieur Paul, j'y serai. Mais vous parlez de « la situation » comme si j'allais courir un danger, que voulez-vous dire? Le notaire paraissait inquiet lui aussi. Et puis il est arrivé quelque chose d'étrange. Maître Leclerc devait remettre une enveloppe cachetée à la personne qu'il engagerait. C'est donc à moi qu'il l'a donnée et voici ce qu'elle contenait.

La jeune femme ouvrit son sac à main et tendit la feuille manuscrite au pharmacien qui ne parut pas autrement surpris.

– Encore une de ses diableries! Laissez-moi cela, voulez-vous? Nous vous le rendrons demain. Quant au danger, eh bien! je ne vous cacherai pas qu'il existe, bien que j'ignore sa nature. A Agen, renseignez-vous sur ce qui arriva à Josette Rueil : c'était pendant l'été 1957 je crois, enfin il y a vingt ans. Vous avez très bien fait de venir me voir, il se trouve, voyez-vous, que l'abbé et moi avons un compte personnel à régler avec le châtelain de R. Notre aide vous est tout acquise.

Sandra quitta la pharmacie un peu inquiète, mais la vie lui avait appris que rien ne s'obtient aisément. Elle avait désespérément besoin d'argent et se sentait capable d'affronter le domaine de R. quels que fussent les dangers qu'il pût recéler. Elle regagna Agen par la route nationale et déposa les cinq mille francs à sa banque, non sans avoir prélevé le montant de son loyer. Elle retourna alors à l'esplanade du Gravier, régla sa logeuse et monta ranger sa chambre et préparer sa valise. Pour déjeuner, elle acheva toutes les provisions qui pouvaient se trouver chez elle : gâteaux secs, chocolat, confitures, oranges, etc. L'après-midi, prise d'un repentir, elle retourna à la banque prendre de l'argent pour s'acheter une robe d'été à la mode et un déshabillé dans le cas où son patient la réclamerait la nuit.

Ses emplettes faites, elle se rendit dans les bureaux du *Petit Bleu* et demanda à consulter la collection de l'année 1957. Elle n'eut aucune peine à retrouver trace du drame qui avait coûté la vie à Josette Rueil le 15 septembre mais fut déçue à la lecture des articles. Il n'était fait mention nulle part du domaine de R. On apprenait seulement que la jeune fille, enceinte, s'était suicidée en se jetant du haut de la falaise de l'Ermitage. En poursuivant le dépouillement du journal dans l'espoir de glaner quelque nouvelle information, elle vit une dernière fois le nom de Josette cité dans des circonstances étranges. Son confesseur, le père Fleury, était-il écrit, avait été frappé d'apoplexie à la lecture du journal intime de la jeune fille. Or, à la mort du prêtre, on n'avait trouvé aucune trace de ce manuscrit.

Ce fut tout ce que Sandra put apprendre avant son retour au village d'A., le lendemain à midi.

L'abbé Laffite accueillit la jeune femme en même temps que le pharmacien. C'était un homme de taille moyenne, aux cheveux blancs, et dont le visage exprimait la bonté. Il portait une soutane, ce qui ne se voit plus guère de nos jours. Paul Cazaubon complimenta Sandra sur sa robe neuve puis, sans plus attendre, ils l'invitèrent à passer à table. Le repas était simple mais excellent, préparé par le pharmacien lui-même, avec les produits de son potager et de son poulailler, avoua-t-il. Il ne fut pas question un seul instant de Lodaüs ni de son domaine. La conversation des deux hommes était agréable et sans prétention si bien que Sandra se sentit prise de sympathie pour eux. Au dessert, elle jugea préférable de leur confier sa situation exacte, mieux valait qu'ils l'apprennent par elle que par quelqu'un d'autre.

– Je voulais vous dire quelque chose, monsieur Paul, hier je n'ai pas osé. Je n'ai pas quitté volontairement l'hôpital, vous savez, j'ai commis une faute professionnelle et... on m'a renvoyée...

Ce fut l'abbé Laffite qui réagit le premier.

– Si vous le désirez, je suis prêt à vous entendre en confession.

– Je me suis déjà confessée, mon père.

– Alors cette histoire concerne désormais Dieu seul, et nous n'avons rien à en savoir. Si vous nous serviez le café sur la terrasse, Paul, il serait temps d'en venir au sujet qui préoccupe cette jeune dame.

RUBIFICATION

Un peu avant le lever du jour, Joachim Lodaüs choisit avec soin un couteau en acier de Tolède. Il avait revêtu la robe de soie noire qui convient aux actes magiques du premier ordre. Son couteau à la main, il quitta le manoir, descendit le long du chemin raviné bordant la terrasse, et se dirigea vers le petit bois qui pousse au flanc du coteau sur lequel est bâti R. A l'orée du bois, Aï-d'Moloch l'attendait, perché sur la branche basse d'un vieux thuya desséché. Le maître et son familier ne se regardèrent même pas, Lodaüs pénétra dans le bois à la recherche d'un noisetier sauvage.

Le chat se mit à surveiller l'horizon à l'endroit où le soleil allait apparaître. A l'instant précis où l'astre du jour commença à poindre, Aï-d'Moloch poussa un miaulement rauque. Le châtelain coupa alors une branche du noisetier d'environ trois pieds de long, puis revint à l'orée du bois exposer la baguette et la lame de couteau aux premiers rayons de l'astre.

– Allons, dit-il simplement au chat, et tous deux remontèrent au manoir.

Une fois dans le laboratoire, Lodaüs alluma un feu violent sous une petite forge et plaça la lame au centre du foyer. Lorsqu'elle fut portée au rouge il la retira au moyen d'une longue pincette et la tint sur une enclume. Là, sous les coups d'un marteau, il ébrécha la lame jusqu'à la transformer en une sorte de petite fourche. Il acheva l'opération en ajustant l'outil obtenu sur la baguette de noisetier.

Le châtelain prit une craie et vint se placer dans un espace vide du laboratoire entre la bibliothèque et une table chargée d'instruments astronomiques. Aï-d'Moloch vint le rejoindre et s'assit juste derrière lui. Cependant Lodaüs avait tracé trois cercles concentriques, le premier d'une largeur de neuf pieds environ, distants chacun d'une paume de la main. Dans le cercle du milieu, il inscrivit d'abord l'heure à laquelle débutait l'opération, puis le nom du démon qui présidait à cette heure, en l'occurrence Sadedali, et le nom du démon gouvernant la journée, soit Tubiel. Il ajouta les noms que la Terre, le Soleil et la Lune portaient en cette saison, soit Festativi, Athemai et Armatas, car les démons ne veulent point connaître les dénominations courantes de ces astres. Enfin, aux points cardinaux du cercle supérieur, il inscrivit le nom des esprits malins qui présidaient à l'Air ce jour-là, et, dans le cercle médian, il ajouta le signe redouté du dieu Shamphalaï et écrivit la phrase :

« N'entre pas, Guland, n'entre pas, Guland. »

Sans quitter le triple cercle, Lodaüs prit sur une table voisine un pain brûlé qu'il avait préparé à l'avance et la baguette de noisetier. La conjuration allait pouvoir commencer.

– Je te conjure, Guland, commença Joachim Lodaüs d'une voix forte, au nom de Satan, au nom de Belzébuth, au nom d'Astaroth et au nom de tous les autres esprits, que tu aies à venir vers moi. Viens donc à moi, Guland, au nom de Satan et de tous les autres démons; viens donc à moi, lorsque je te le commande; viens sans me faire aucun mal, sans lésion, sans me faire tort de mes livres ni d'aucune chose dont je me sers. Moi,

Joachim Lodaüs, le Maître, je te commande de venir sans délai ou que tu aies à m'envoyer un autre esprit qui ait la même puissance que toi, qui accomplisse mes commandements et qui soit soumis à ma volonté, sans que celui que tu m'enverras, si tu ne viens pas toi-même, s'en aille sans mon consentement et qu'il n'ait accompli ma volonté.

La conjuration achevée, le châtelain et son familier attendirent, figés à l'intérieur des cercles magiques. Un léger froid se fit d'abord sentir dans la pièce, première manifestation de l'arrivée imminente de l'entité venue de l'Extérieur. Le froid se fit plus intense et, au bout d'un moment, un brouillard opaque fit son apparition et se matérialisa à six pas du cercle extérieur tandis qu'une horrible puanteur se répandait dans la pièce. Lodaüs connaissait trop bien les démons pour tolérer ce genre de manifestation.

– Qui que tu sois, démon subalterne, je t'ordonne de faire disparaître cette odeur pestilentielle.

La puanteur disparut aussitôt. Cependant le brouillard semblait avoir pris une consistance solide. Une certaine forme de substance démoniaque était désormais présente.

Une pensée froide et haineuse atteignit bientôt l'esprit du châtelain.

« Je suis Guland. Que veux-tu, maudit? »

L'expression amena l'ombre d'un sourire sur les lèvres minces de Lodaüs.

– Sois respectueux, Guland, je suis le Maître et tu le sais. M'obéiras-tu fidèlement et en tous points si tu le peux?

« Je t'obéirai, mais auparavant donne-moi ce qui me revient. »

Le châtelain lança alors le pain brûlé au centre de la masse de brouillard dans laquelle il disparut instantanément.

« C'est bien, tu as payé le prix; que veux-tu? »

– Je vais entreprendre une difficile opération de nécromancie, compliquée de la réanimation d'un *golem.* C'est sur ce dernier point que j'attends ton aide.

« Eh! Comment un pauvre démon pourrait-il être de quelque utilité au sinistre châtelain de R., dont le nom est mille fois maudit dans notre monde aussi bien que dans celui des humains? »

– Je veux que ce *golem* ait l'apparence humaine, je veux qu'en toute occasion on puisse le prendre pour un homme.

« Tu es fou, Joachim Lodaüs, ton orgueil te perdra. Pour te donner satisfaction, il faudrait que j'abandonne une partie infime de ma substance dans ta statue d'argile. J'en serais amoindri. »

– Que m'importe, tu dois m'obéir. Je désirais savoir si la chose était possible, tu m'as répondu, maintenant va-t'en.

Lodaüs fit un geste de sa baguette vers la zone de brouillard, et il répéta :

– Par Astaroth, Guland, je t'ordonne de te retirer et de disparaître à l'instant même.

Lentement le brouillard se dissipa tandis qu'à nouveau un froid glacial se répandait dans le laboratoire. Une porte entre deux mondes venait de s'entrouvrir et de se refermer.

Le châtelain sortit du triple cercle et alla vivement tracer quatre pantacles sur le sol, là où s'était matérialisé le démon, afin de sceller le seuil de la porte. Il fit ensuite signe au chat de le suivre.

Le laboratoire du manoir était situé sous la grand'salle. Celle-ci, prolongée sur le devant par une terrasse, dominait la plaine. Au loin on apercevait le village d'A. et, au-delà, les coteaux de l'Agenais. Au pied du manoir, le Gers sinueux déroulait ses méandres. Lodaüs, remonté du laboratoire, effleura du regard le paysage, puis saisit une dépêche posée sur un guéridon. Sans l'ouvrir il la montra au chat noir.

– Il ne sera pas possible de laisser seul ce *golem* un instant, c'est pourquoi j'ai dû demander au notaire de F. d'engager une personne pour veiller sur lui. Cette missive m'annonce son arrivée pour ce soir à dix-neuf heures. Je n'ai pas l'intention de la voir avant demain, aussi je te laisse le soin de tout préparer pour sa venue. A ta guise, naturellement.

Aï-d'Moloch sourit franchement.

CONJONCTION

– L'histoire remonte à une vingtaine d'années, commença l'abbé Laffite. J'avais à l'époque, pour ami, un prêtre du diocèse d'Agen, le père Fleury, et nous nous voyions ou écrivions fréquemment. Paul vous a sans doute déjà parlé du suicide de Josette Rueil (Sandra acquiesça de la tête), ce prêtre se trouvait être son confesseur et la jeune fille se confiait volontiers à lui, d'autant qu'il était également son parrain. Après le drame, je reçus une lettre de lui que voici, lisez-la.

Sandra prit la lettre que lui tendait l'abbé et lut ce qui suit :

Agen, ce 18 septembre 1957

Mon cher Marc,

Mille pardons pour n'avoir pas accusé réception plus tôt de votre envoi. Je viens de vivre un drame affreux, ma filleule Josette s'est jetée du haut de la falaise du coteau de l'Ermitage. La pauvre petite a été tuée sur le coup. Le plus injuste est la rumeur qui l'accuse d'avoir commis ce crime contre Dieu parce qu'elle était enceinte; or, la chère enfant était l'innocence même, je puis vous l'assurer. J'ai commencé hier soir la lecture de son journal intime et les premières pages m'ont tellement rempli d'épouvante que je n'ai pu continuer. Je vous écris cela à vous, mon cher Marc, car le monstre se tapit tout près de votre cure : il se nomme Joachim Lodaüs et réside sur le domaine de R. qui est situé entre votre village et celui de F. C'est lui qui a envoûté à distance ma pauvre filleule, l'a attirée jusqu'à lui, et a provoqué par magie noire la monstrueuse germination que recélait son corps innocent. Ne croyez surtout pas que la douleur m'égare, la sorcellerie n'a pas cessé d'exister en même temps que le Moyen Age. Relisez Nicolas Bourdin, mon ami, et dites-vous bien que les premiers feuillets tracés par la main de la malheureuse Josette recèlent plus d'horreur que toute la Démonomanie des Sorciers. *Ce soir, je plongerai à nouveau dans l'enfer de cette lecture puis je remettrai le manuscrit entre les mains de Monseigneur afin que la justice de Dieu et celle des hommes puissent suivre leur cours.*

Votre tout dévoué,

Albert Fleury.

– Le soir même, ajouta l'abbé en reprenant la lettre que lui tendait Sandra, mon malheureux ami était frappé d'une crise d'apoplexie qui fut mise sur le compte de l'émotion provoquée par la mort de sa filleule. Ce qui resta inexpliqué fut la disparition du manuscrit. On ne l'a jamais retrouvé.

– J'ai lu cela dans un article du *Petit Bleu* hier après-midi, répondit la jeune femme. L'existence de ce manuscrit est-elle certaine?

– Tout à fait, le père Fleury l'a montré à plusieurs de ses collègues du Grand Séminaire. Ils ne l'ont pas lu, naturellement, mais ils ont pu se porter garants de sa réalité.

– Qu'est-il arrivé alors? Je n'ai pu trouver aucun article concernant cette affaire dans les numéros suivants du journal d'Agen.

– Pas grand-chose, j'en ai peur. J'ai communiqué cette lettre à l'évêché. Ils me l'ont retournée trois mois plus tard avec un mot de remerciement, mais sans le moindre commentaire et, pour autant que nous le sachions, nul n'a inquiété Joachim Lodaüs.

– Il n'y avait aucune preuve, vous comprenez, Sandra, intervint le pharmacien, rien qui vînt établir un lien entre le manoir de R. et cette pauvre fille. Seule une paysanne a prétendu avoir découvert Josette évanouie à côté de son scooter près de l'entrée du domaine; elle l'aurait trouvée nue. Il peut s'agir d'un simple racontar. Quant à Lodaüs, depuis un quart de siècle qu'il vit là, il n'est jamais descendu au village, et personne, à ma connaissance, n'a été admis à franchir sa porte. Parfois, depuis la route, on aperçoit sa longue silhouette qui déambule sur la terrasse, c'est tout.

– Comment? Personne ne l'a jamais vu?

– Si, son notaire, Maître Leclerc, lorsqu'il est venu faire reconnaître ses titres de propriété. Il a alors décrit Lodaüs comme un jeune homme d'environ vingt-cinq ans, grand, très maigre, le visage entouré d'un mince collier de barbe. Le notaire a été frappé par les mains du châtelain, longues et décharnées. Il paraît qu'il les contorsionne curieusement lorsqu'il parle. Ceci se passait il y a un quart de siècle et Lodaüs doit avoir la cinquantaine aujourd'hui. Ce qu'il y a de sûr, c'est qu'il vit comme un reclus. Le manoir n'a ni gaz, ni électricité, ni téléphone. Maître Leclerc communique avec son client par un système de dépêches écrites qui parviennent dans sa boîte aux lettres, apportées par on ne sait qui. Le notaire répond de même en faisant déposer des billets dans la vieille boîte qui se trouve à l'entrée de R.

Sandra ne put s'empêcher de sourire.

– Tout cela évoque bien plus le vieil original que le monstre dont parle votre lettre, monsieur l'abbé.

– Je vous l'accorde, madame, répondit le prêtre, mais un autre fait a attiré notre attention sur le domaine. Quelques mois après la disparition de Josette, un de ses camarades parisiens – elle faisait des études dans la capitale – est venu passer les vacances de Noël à Agen. Il s'est livré à une sorte d'enquête et, un jour, il est entré dans cette pharmacie pour demander le chemin du manoir. Paul lui a parlé et lui a fait promettre de ne pas quitter la région sans nous avoir donné de ses nouvelles. Le jeune homme, il s'appelait Didier, s'est engagé seul sur les terres du domaine. Nul ne l'a revu. Paul a prévenu la gendarmerie et une battue a été organisée, en vain. Profitant de ce prétexte, je me suis rendu jusqu'au manoir, il paraissait à l'abandon et personne ne m'a répondu. Quelques jours plus tard, le capitaine de gendarmerie a été contacté par le notaire de F. qui venait de recevoir une dépêche de Lodaüs. Celui-ci déclarait ignorer tout de la disparition de notre jeune ami et se tenir à la disposition de la justice pour l'aider si besoin était. Là encore rien ne prouvait que Didier eût réellement disparu dans cette propriété, aussi les recherches ne furent pas poussées plus avant et nul ne l'a jamais revu.

– J'avoue que vous commencez à me faire peur!

– La situation n'est pas du tout la même pour vous, mon petit, se hâta de la rassurer le pharmacien. Vous allez travailler officiellement à R. puisque vous avez été contactée par Maître Leclerc. Ce Lodaüs pouvait prétendre tout ignorer de Josette ou Didier, en revanche il ne peut nier vous avoir engagée comme garde-malade. Vous ne courez donc aucun danger personnel en allant au manoir, du moins physiquement, comme dirait l'abbé.

– Je suis tout à fait de l'avis de Paul, renchérit Marc Laffite. Il ne vous arrivera rien de fâcheux au manoir quant à votre corps, mais je ne puis m'empêcher d'être inquiet pour votre âme. Qui sait à quelle noire sorcellerie vous risquez d'assister! L'âme...

– Entendons-nous bien, Sandra, coupa le pharmacien, je ne crois pas à l'âme et autres sornettes de la religion. Je suis libre penseur, ce qui ne m'empêche pas d'être l'ami de l'abbé depuis plus de vingt ans. C'est pour votre santé mentale que je crains; des pratiques magiques sont certainement dénuées de toute efficacité, mais un climat d'envoûtements, d'évocations, etc., peut troubler les esprits.

Sandra ne put s'empêcher de rire.

– De ce point de vue-là, je ne risque rien; la vie a été une dure école pour moi, il en faudrait vraiment beaucoup pour me faire perdre la tête. Si j'apprends quelque chose sur ces jeunes gens dont vous m'avez parlé, je ne manquerai pas de vous le faire savoir.

L'abbé parut grandement soulagé de cette proposition.

– Nous n'osions vous le demander, mais tel serait notre plus cher désir à l'un comme à l'autre. Au besoin, targuez-vous d'une vieille amitié avec Paul, faites-en votre parrain, que sais-je, mais obtenez le droit de venir lui rendre visite au village. Demandez également à assister à la célébration de la messe, ainsi nous pourrons communiquer plus aisément et, si vous aviez quelques difficultés, nous serions prêts à vous aider.

– C'est promis, monsieur l'abbé, et vous aussi monsieur Paul, vous pouvez compter sur moi.

Le reste de l'après-midi se passa agréablement. La jeune femme eut droit à une visite commentée de l'église et fit le tour du village sous la direction éclairée de Paul Cazaubon qui connaissait l'histoire de chaque maison.

Un peu avant sept heures, Sandra prit le chemin de R.

ALBIFICATION

L'angoisse qui, la veille, avait empêché Sandra de s'aventurer sur les terres de R. la saisit de nouveau dès les limites du domaine. Elle éprouva d'abord un malaise indéfinissable, puis elle sentit une sueur glacée sourdre de tout son corps et elle dut ralentir l'allure de sa voiture pour s'essuyer le front. Une boule d'angoisse avait pris naissance dans son estomac et s'irradiait dans sa poitrine au point qu'elle ne pouvait plus fixer la route. La 2 CV fit une violente embardée lorsqu'une roue avant vint heurter le talus droit de la route. Sandra freina brutalement, arrêta le moteur et resta un moment affalée sur le volant. Malgré la température agréable de cette soirée d'été, elle se mit à frissonner. Maladroitement, elle s'extirpa du véhicule dans l'espoir qu'un peu d'air dissiperait son malaise.

Quelque chose la gêna aussitôt sans qu'elle puisse immédiatement parvenir à savoir quoi. Au bout d'un moment, elle s'aperçut que tout était silencieux. Pas un chant d'oiseau, pas un crissement d'insecte et cela au cœur du mois de juin. Le silence était oppressant, il semblait receler une menace incertaine. Sandra regarda machinalement autour d'elle. Lui faisant face, au sommet de la falaise, se dressait la silhouette sombre du manoir. Des éclairs de chaleur zébraient le ciel au-dessus de la tour, lui conférant un aspect fantasmagorique.

Cependant, après quelques minutes, l'angoisse de Sandra diminua et elle put reprendre sa route. Peu après, la 2 CV s'arrêtait devant la grille donnant accès à la terrasse. La jeune femme chercha une sonnette, il n'y en avait pas.

Sans plus attendre, elle poussa la grille qui s'ouvrit sans difficulté. Une allée de gravier mal entretenue menait à la porte du manoir. Celle-ci s'ornait d'un marteau en fer forgé représentant le buste d'un être recouvert d'écailles. Son front triangulaire était hérissé d'une petite corne pointue et sa gueule ouverte, à la langue fourchue, ricanait méchamment. Non sans une certaine répulsion, Sandra saisit l'objet et le souleva : il lui parut plus horrible encore dans le mouvement anormal qu'il fit pour retomber. La porte s'ouvrit sans bruit.

« Au moins, je n'ai pas droit au grincement traditionnel des films d'horreur », ne put s'empêcher de penser la jeune femme.

Un long couloir sombre, apparemment vide, faisait face à la porte. Soudain deux rangées de points lumineux apparurent de chaque côté du couloir, ils grossirent rapidement et devinrent bientôt les flammes d'autant de cierges. Sandra restait figée d'étonnement, un tel spectacle relevait du truquage de cinéma. Soudain, elle vit s'avancer vers elle un très grand chat noir qui s'arrêta à dix pas, la fixa de ses yeux sulfureux, puis rebroussa lentement chemin comme pour l'inviter à le suivre. Sandra s'avança dans le couloir tandis que la porte se refermait doucement derrière elle.

Aï-d'Moloch s'arrêta dans la grand'salle richement illuminée de dizaines de cierges. Sur la table deux couverts étaient dressés et les mets étaient déjà disposés. Sandra aperçut une enveloppe à son nom appuyée contre le pied d'un verre en cristal. Elle la prit et l'ouvrit, le billet était laconique :

« *Je vous verrai demain. Vous pouvez interroger Aï-d'Moloch, il saura vous répondre.* »

Ni formule de politesse ni signature.

Sandra paraissait un peu indécise sur la conduite à tenir, lorsque le chat sauta sur une chaise haute, placée devant un des deux couverts. La jeune femme comprit qu'il ne lui restait plus qu'à dîner en face de l'étrange animal. Elle posa donc la valise qu'elle tenait à la main depuis son arrivée au manoir et s'assit à la table.

Le repas était excellent, melon glacé, poulet froid, emmenthal et fruits, arrosés d'un vin blanc frais. Sandra ne put s'empêcher de se demander qui l'avait préparé et qui le desservirait. Face à elle le chat mangeait son poulet avec une grande propreté, poussant de la gueule les os sur le bord de son assiette. Pour lui, une jatte de lait remplaçait le vin.

« A quelle question cet animal peut-il répondre? » se demandait Sandra qui n'osait s'adresser à lui par crainte du ridicule. Finalement la curiosité fut la plus forte.

– Ma chambre est-elle prête? se hasarda-t-elle à demander.

Aï-d'Moloch inclina la tête. Enhardie par ce succès, Sandra l'interrogea encore :

– Le malade dont je dois m'occuper est-il M. Lodaüs?

Le chat s'arrêta de laper son lait, ses yeux s'étirèrent, puis ses babines s'entrouvrirent, découvrant ses dents en un rictus sardonique. La jeune femme ne put s'empêcher de frissonner. Enfin, son étrange compagnon secoua négativement la tête.

Le repas terminé il se leva et se dirigea vers une porte située au fond de la grand'salle, Sandra comprit qu'elle devait le suivre. A mesure qu'ils progressaient dans le manoir, des cierges s'allumaient pour éclairer le chemin. En se retournant Sandra vit leur lumière pâlir puis disparaître dès qu'ils les avaient dépassés de plus de dix pas. Aï-d'Moloch prit l'escalier montant dans la tour du manoir et gagna l'aile gauche du premier étage. Ils dépassèrent plusieurs chambres laissées à l'abandon avant d'atteindre deux pièces préparées à recevoir des hôtes. La première ressemblait par son mobilier à une chambre d'hôpital et Sandra supposa qu'elle était destinée à son (futur?) malade, la seconde était la sienne, l'attitude du chat le lui fit aisément comprendre.

Celui-ci se retira aussitôt et le premier acte de Sandra fut de pousser le gros verrou de fer forgé après avoir vérifié qu'il était impossible de le manœuvrer de l'extérieur. Ainsi, elle se sentit mieux.

La chambre était rustique, blanchie à la chaux, comme toutes les autres pièces qu'elle avait vues jusqu'à présent, mais le mobilier – il lui parut être de style Louis XIII – était mieux adapté à une présence féminine. En particulier, il y avait une sorte de coiffeuse avec une glace, et un lavabo de marbre muni d'un pot de faïence rempli d'eau.

La jeune femme eut tôt fait de défaire sa valise et d'en ranger le contenu dans l'armoire, puis elle se déshabilla. Au moment d'ôter sa montre, elle s'aperçut qu'il était seulement vingt heures; l'étrangeté du lieu lui avait fait perdre la notion du temps! Que faire? Quitter sa chambre, il n'en était pas question. Sans être à proprement parler effrayée, Sandra avait l'impression d'être perdue dans une maison hostile, remplie de pièges. Son regard fit le tour de la pièce en quête d'un livre, il n'y en avait pas et elle avait oublié d'acheter des magazines avant de partir pour le manoir, absorbée qu'elle avait été tout l'après-midi par sa conversation avec le prêtre et le pharmacien.

Elle se résignait à prendre un somnifère dans sa trousse d'urgence lorsque la lumière des quatre cierges qui éclairaient la chambre baissa brusquement, sans raison apparente. En quelques secondes l'obscurité fut complète, d'autant que les volets pleins ne laissaient filtrer aucune lueur. Sandra, qui n'osait les ouvrir de peur que le chat ou quelque autre bête n'entrât dans la pièce, n'eut d'autre ressource que d'aller s'allonger sur le lit en attendant la venue du sommeil. A son heureuse surprise, l'engourdissement vint aussitôt. La dernière pensée de la jeune femme fut : « Il faudrait que je me glisse dans les draps », mais elle dormait déjà avant d'avoir pu esquisser un geste.

Un instant plus tard, lui sembla-t-il, elle reprit conscience. Elle se sentait légère, comme dédoublée. Son corps endormi lui était d'une certaine façon perceptible et, cependant, elle se sentait entrer consciemment dans un univers onirique.

Elle l'ignorait, mais un jour Joachim Lodaüs avait découvert l'existence d'un monde parallèle au nôtre, le monde des Rêves qui, en des temps très anciens, avait été créé à partir des songes des hommes. Par magie, le châtelain avait ouvert un passage entre les deux univers et c'était cette trouée hors des espaces connus qu'empruntait maintenant la jeune femme.

Elle descendit l'escalier rapide du sommeil léger, puis les larges marches du sommeil profond, pour s'arrêter enfin devant le portail d'onyx que connaissent tous les rêveurs exercés. Ankh-Moloch, un chat noir apparenté au familier du châtelain, l'y attendait. Il lui fit signe d'ôter ses vêtements de nuit et ses bijoux puis, une fois nue, la laissa entrer.

Devant Sandra s'étendait une allée de sable fin, bordée de ginkgos centenaires. Vers la gauche, elle découvrait des prairies tellement chargées de fleurs qu'on n'apercevait plus un brin d'herbe; une multitude de papillons, morphos bleu roi, uranies métalliques, wiskei aux taches lilas, simples flambés, dessinaient un kaléidoscope de couleurs.

Au loin, on pouvait apercevoir les toits de chaume d'un village. Sur sa droite, enfin, Sandra vit une rivière, sut qu'elle s'appelait la Rhia et qu'une barque l'y attendait. Presque instantanément, elle se retrouva à bord de l'esquif descendant le cours de l'eau vers la cité de Samarcande. Elle n'eut pas à manier la godille, un vent de plus en plus violent venant pousser l'embarcation. Brutalement la tempête se déchaîna et un tourbillon vint aspirer la barque et sa passagère. Aveuglée, la respiration coupée, Sandra fut portée par le vent, puis le tourbillonnement s'accéléra et la malheureuse tournoya sur elle-même, cul par-dessus tête, à une vitesse vertigineuse jusqu'à ce qu'elle perdît conscience.

Lorsqu'elle se réveilla, des hommes la giflaient pour la ranimer. Ils étaient vêtus bizarrement, un peu à la façon des soldats ottomans, et armés de poignards recourbés. Ils la hissèrent sur le dos d'un âne gris et descendirent la colline qui mène à Samarcande lorsqu'on vient des Basses Terres du rêve.

Sandra fut conduite dans une des premières maisons en bordure de la ville; là, l'un des hommes tira brusquement son poignard et lui en appuya la pointe sur le ventre tandis que l'autre en profitait pour lui lier les poignets à un anneau serti dans le mur au-dessus de sa tête. Ils partirent non sans avoir verrouillé la porte. Sandra tira vainement sur ses liens, ne parvenant qu'à se blesser les poignets, puis elle se résigna à son sort. Un long moment, elle n'aurait pu l'évaluer, s'écoula puis un homme pénétra dans sa prison. Il était très grand et fort, un fouet de cuir tressé pendait à sa ceinture. On le sentait cruel et autoritaire. Il s'adressa à la jeune femme dans une langue inconnue puis, voyant son incompréhension, il reprit en français :

– Par Shamphalaï, serais-tu une rêveuse du monde de la réalité?

Trop surprise pour répondre, Sandra put seulement hocher la tête.

L'homme éclata d'un rire tonitruant puis s'approcha d'elle et se mit à la palper comme ferait un maquignon d'une bête de somme. D'un index précis, il explora son sexe, puis il pinça la peau des cuisses et du ventre. Enfin il soupesa à pleines mains ses seins. Jamais Sandra ne s'était sentie aussi humiliée que de se voir ainsi maniée comme un objet.

– Ton ventre est trop rond, reprit l'homme, et ta poitrine n'est plus bien ferme, mais tu es encore assez appétissante pour partager la couche de Tsian-Cheng ce soir. Ensuite, je te vendrai au marché aux esclaves.

Il frappa dans ses mains et deux serviteurs apparurent. Ils détachèrent la femme et la conduisirent jusqu'à un embarcadère. Ses poignets étaient liés derrière son dos et un ample manteau avait été jeté sur ses épaules. Ils la firent monter dans une trirème et la conduisirent à l'île de Nyl-Pann sur laquelle se dressait la forteresse de Tsian-Cheng. Une fois arrivée, elle fut confiée à des femmes qui la préparèrent pour la couche de leur maître. Elles lui rasèrent d'abord le sexe puis la baignèrent, avant de l'asperger d'un parfum de rose. Quant elle fut prête, elles la conduisirent dans une chambre richement meublée à l'orientale et l'allongèrent nue sur le lit.

Malgré elle, Sandra se sentait étrangement excitée et

attendait la venue de son futur amant avec impatience. Il arriva, revêtu d'une cape tissée de fils d'or. La jeune femme lui sourit et s'ouvrit pour le recevoir. Tsian-Cheng rejeta sa cape en arrière et les yeux de Sandra s'agrandirent d'horreur. Il tenait à la main un instrument à perfusion. Elle se mit à hurler comme une démente.

Tirée de son sommeil profond par ses propres hurlements Sandra se redressa sur le lit. Elle ruisselait d'une sueur glacée. Maintenant, d'étroits filets lumineux filtraient par les volets clos. Elle regarda le cadran phosphorescent de sa montre, il était plus de sept heures du matin. En titubant, elle gagna la fenêtre et ouvrit en grand les contrevents puis se pencha dehors pour aspirer l'air frais et chasser les miasmes du cauchemar nocturne. Machinalement, elle vérifia d'un coup d'œil que le lourd verrou était toujours bien fermé. Tout allait bien, elle se laissa aller sur une chaise, soulagée.

C'est alors que son regard se posa sur la coiffeuse, Aï-d'Moloch y était couché et la regardait.

COHOBATION

Aï-d'Moloch précéda Sandra dans la grand'salle. Le repas de la veille avait été desservi et le petit déjeuner les attendait. Le chat rejoignit sa place et commença à laper son lait, la jeune femme lui tint compagnie bien qu'elle n'eût guère faim, encore sous le choc du cauchemar éveillé (?) qu'elle avait vécu et dont sa mémoire gardait un souvenir trop fidèle.

Un pas lent dans l'escalier de la tour annonça l'arrivée de Lodaüs.

Malgré elle, Sandra ne put s'empêcher de se sentir angoissée et son cœur se mit à battre plus vite; elle se leva lorsque la porte s'ouvrit. Elle avait l'intention de se présenter et de saluer le châtelain mais la surprise la figea sur place. Joachim Lodaüs était toujours tel qu'on l'avait aperçu un quart de siècle plus tôt, un jeune homme d'environ vingt-cinq ans au visage entouré d'un mince collier de barbe. Pourtant, sa démarche était celle d'une personne beaucoup plus âgée et son maintien altier suggérait également l'homme d'expérience. Il s'arrêta à trois pas de Sandra et l'examina quelques instants sans rien dire. Enfin, il parla :

– Vous êtes Alexandra, Maria-Theresa Fennini, née à Riccione en avril 1947. Vos parents ont émigré à Agen en 1957, l'année de la mort de Josette Rueil. Vous êtes infirmière diplômée, mariée en juillet 1971 à Pierre Lécureux, en instance de divorce. Vous vous êtes fait avorter deux fois et vous ne pouvez plus avoir d'enfants. Il y a six mois, à l'hôpital, vous étiez de garde, le goutte-à-goutte d'un appareil à perfusion d'un grand malade a cessé de fonctionner. Votre intervention aurait pu le sauver, mais vous étiez dans le lit de l'interne de garde. Je pense que vous me conviendrez.

A mesure que le châtelain parlait, Sandra s'était sentie devenir un bloc de glace. Malgré les efforts de sa volonté elle dut se rasseoir lourdement. Elle balbutia :

– Pour... pour l'avortement... personne n'a jamais su... comment... avez-vous pu...

– J'ai quelques pouvoirs, vous l'apprendrez vite. C'est la raison de votre salaire élevé. Votre malade sera facile, il exigera seulement une surveillance constante pendant la journée, la nuit Aï-d'Moloch s'en chargera. En revanche, tout ce que vous pourrez voir ici, il faudra l'oublier; également, il ne faudra poser aucune question quoi qu'il arrive.

Sandra avait quelque peu récupéré et se releva. Après tout, si le châtelain achetait son silence, c'est qu'il n'était pas tout-puissant. Elle repensa à la promesse faite au pharmacien et au prêtre du village d'A.

– Je serai discrète, monsieur. J'aimerais seulement pouvoir rendre visite de temps en temps à un de mes amis qui habite le village d'A., Paul Cazaubon, le pharmacien.

Un très léger sourire étira les lèvres de Lodaüs.

– L'ami du curé, murmura-t-il, oui... pour le festin, cela pourrait être amusant.

Il poursuivit d'une voix plus forte :

– C'est entendu, madame Fennini, mais vous devrez toujours prévenir Aï-d'Moloch de vos absences.

Le châtelain s'approcha de la table, prit une tasse, s'y versa un doigt de lait et un nuage de café, puis but le tout d'une gorgée.

– Ce sera là tout mon déjeuner, il faut apprendre à être frugal avec l'âge. Vous êtes libre pour la journée et pour la matinée de demain; Modeste, votre patient, n'arrivera que demain en début d'après-midi.

– Dois-je aller l'attendre à la gare, monsieur?

– La gare!...

L'idée parut amuser Lodaüs.

– En vérité non, vous n'aurez pas à vous en préoccuper. Venez, je vais vous faire visiter rapidement la maison – du moins ce qu'il vous est utile d'en connaître. Nous sommes ici dans la grand'salle, vous vous y tiendrez habituellement pendant la journée. Par la porte vitrée vous avez accès à la terrasse, promenez-y Modeste, veillez seulement à ne jamais l'y laisser seul. Au-dessous de cette pièce se trouve mon laboratoire, je préfère que vous n'y alliez pas car vous pourriez, sans le vouloir, déranger une expérience en cours. A côté, il y a un petit salon dans lequel Aï-d'Moloch a l'habitude de se retirer le soir pour jouer de l'orgue. Suivez-moi, maintenant.

Précédé du châtelain, Sandra s'engagea dans le couloir qui, elle le savait déjà, conduisait à l'escalier de la tour.

Au passage son guide désigna une porte basse qu'elle n'avait pas remarquée la veille. « Les commodités », dit-il. Tous deux gagnèrent le palier du premier étage, Lodaüs ouvrit la porte donnant sur l'aile droite.

– Vous connaissez déjà l'autre côté, madame Fennini. Les chambres attenantes à celle de Modeste seront probablement occupées prochainement, mais ces gens ne vous concerneront aucunement. Voici la bibliothèque.

Ce disant Lodaüs avait devancé la jeune femme dans une vaste pièce entièrement tapissée de livres anciens. Malgré le nombre considérable de volumes on y aurait vainement cherché une reliure moderne. Sandra s'approcha d'un rayon et lut quelques titres : *Enchiridion Leonis Papae, Laboratorium chymicum, Physica subterranea Becherii Epistola ad Lengelottum* de Morhof, et autres ouvrages en latin.

– Ce sont des ouvrages de délassement, commenta son guide, mes livres utiles sont dans la bibliothèque du laboratoire. En cherchant bien vous devez pouvoir trouver quelques ouvrages en français et, sur ce rayon, les œuvres de Dante en italien si vous lisez cette langue. Vous êtes libre de prendre ce qui vous plaira. La porte du fond donne sur la chambre d'Aï-d'Moloch, la mienne y fait suite. La partie supérieure de la tour est occupée par un pigeonnier. Voilà, c'est le moment de me poser deux ou trois questions si vous le désirez, plus tard je ne serai peut-être pas disposé à y répondre.

– Comment puis-je allumer ou éteindre les cierges de ma chambre?

– Il vous suffit de savoir qu'ils s'allumeront tout seuls à votre entrée; pour les éteindre, il faut souffler dessus comme pour une bougie normale.

– Mais hier soir, ils se sont éteints presque tout de suite! s'indigna la jeune femme.

– Il s'agissait d'une plaisanterie d'Aï-d'Moloch, cela ne se renouvellera pas.

Sandra considéra le châtelain avec stupeur. « Une plaisanterie d'Aï-d'Moloch... » Se moquait-il d'elle? Furieuse, elle décida de lui poser une question gênante puisqu'il lui en avait donné le droit.

– Mon ami le docteur Cazaubon m'a parlé d'un

garçon qui aurait disparu sur votre domaine il y a plusieurs années. Il s'appelait Didier Chaptal, cela vous rappelle-t-il quelque chose?

Lodaüs parut plus surpris que mécontent de la question. Il fit signe à la jeune femme de le suivre et redescendit dans la grand'salle. Là, il chercha dans le tiroir d'un buffet et en retira un marteau de géologue rouillé.

– Tenez, dit-il, vous pouvez le donner à votre apothicaire. Il a appartenu à ce garçon.

Les initiales D.C. gravées sur le manche étaient encore visibles. Sandra, interdite, retournait l'objet entre ses doigts, n'osant rien ajouter. Cependant Joachim Lodaüs continuait à fouiller dans le tiroir à la recherche de quelque autre objet. Il finit par en retirer un fouet de cuir tressé au manche court et le tendit à la jeune femme. L'objet paraissait curieusement familier à Sandra, pourtant elle était certaine de ne jamais l'avoir vu.

– Et ceci appartient à votre ami Tsian-Cheng, le seigneur de Nyl-Pann. Vous pourrez le lui rapporter à l'occasion.

Sur ces mots le châtelain se retira et Sandra resta un moment, immobile, fixant le fouet, à la fois fascinée et terrorisée.

FERMENTATION

Joachim Lodaüs avait passé sa journée à relire tous les traités relatifs à la réalisation d'un *golem.* Le principe en est théoriquement simple. Il faut pétrir une statue d'argile rouge, lui incorporer les cendres d'un mort et tracer sur son front le mot « vie » écrit en hébreu : AEMEATH. Ensuite, grâce au reflet dans un miroir du visage du mort, on attire et captive son âme et on la force à pénétrer le corps d'argile.

Les kabbalistes juifs conseillent de donner au *golem* la taille d'un enfant de dix ans car il grandit très vite et, souvent, il est tenté de se retourner contre son créateur. Celui-ci n'a d'autre ressource que d'effacer les deux premières lettres du mot écrit sur son front ce qui laisse subsister MEATH qui signifie « mort » et provoque la dissolution du *golem.*

Tous les êtres ne sont pas également capables de se réincarner; par ailleurs, d'un point de vue pratique, mieux vaut choisir un corps déjà réduit en poussière, ce qui facilite les manipulations. Lodaüs avait arrêté son choix sur... disons un parent, ou un ancêtre, dont l'esprit était mieux préparé qu'un autre à être rappelé à la vie. Néanmoins, l'être réanimé serait diminué sous l'effet du trauma subi, et c'est pourquoi le châtelain avait dû se résoudre à engager une infirmière pour prendre soin de lui.

La nuit venue Lodaüs, muni d'une pioche, fit signe à Aï-d'Moloch de le suivre et gagna une petite pièce du manoir située près de sa chambre et qu'il n'avait pas montrée à Sandra Fennini. Elle était presque vide, son seul mobilier se composant d'un fauteuil et d'un petit guéridon sur lequel était placé un livre. Faisant face au fauteuil, une grande tapisserie ancienne recouvrait le mur : elle représentait l'essor d'un cygne.

Lodaüs prit place sur le siège et le chat vint s'installer sur ses genoux, non comme un animal familier mais comme un partenaire décidé. Sans même le prendre, le châtelain feuilleta du doigt le livre posé sur le guéridon; il vérifia une formule puis referma l'ouvrage. Il fit alors le vide dans son esprit et se mit à fixer la tapisserie avec intensité. Le chat faisait de même. Au bout d'un moment, l'assemblage des fils blancs et bleus qui formaient le plumage du cygne parut se défaire et les couleurs de l'ensemble de la tapisserie tournoyèrent comme celles d'un kaléidoscope. Lodaüs sut que l'instant était arrivé, alors il hurla la phrase : « *Per edonaï, eins Shamphalaï, oliva phtagn, autoh!* » Un instant plus tard, la petite pièce du domaine de R. était vide.

L'obscurité était totale lorsque l'homme et la bête se matérialisèrent sur une colline aride. Toujours muni de sa pioche, Lodaüs se mit à gravir la pente, Aï-d'Moloch sur ses talons. Un vent chaud soufflait par rafales et le tonnerre se faisait entendre dans le lointain. Le châtelain paraissait y voir presque aussi bien la nuit que son compagnon félin. Il n'hésitait jamais malgré éboulis, rocailles et arbustes à épines qui auraient entravé la progression de plus d'un, même en plein jour.

De toute sa puissance le vent portait maintenant l'orage sur eux et semblait vouloir balayer les deux silhouettes sombres de la surface du sol. Brusquement

Joachim Lodaüs se mit à ricaner, son rire s'enfla, devint énorme, obscène. Comme pour répondre à cette insulte, un éclair jaillit des cieux opaques et la foudre vint frapper un arbre rabougri, un olivier peut-être, à moins de vingt pas du châtelain.

– Notre présence n'est pas passée inaperçue, dit-il en se retournant vers son compagnon, et il y avait de la satisfaction dans sa voix.

Cependant les éclairs étaient devenus plus nombreux et, maintenant, se succédaient sans interruption, découvrant le sommet de la colline. Arrivé sur un promontoire, Lodaüs s'arrêta. Là, le visage tourné vers le ciel, il traça dans l'air un signe magique. Un formidable coup de tonnerre lui répondit et la foudre frappa le rocher même où il se tenait, une boule de feu rejaillit comme repoussée par un bouclier et passa tout près d'Aï-d'Moloch dont les poils se hérissèrent au passage. Puis un étrange silence se fit.

Le vent était complètement tombé, le tonnerre avait cessé de gronder et nul éclair ne venait plus trouer l'obscurité. Même les mille bruits de la nuit, insectes, oiseaux nocturnes, rainettes et crapauds, ne se faisaient plus entendre. On aurait cru que l'énigmatique silence du domaine de R. s'était étendu à cette contrée. Tout semblait en suspens. Immobile sur son rocher écorné par la foudre, le châtelain paraissait défier les forces de la nuit.

Après quelques minutes de méditation, Lodaüs se retourna vers son compagnon dont le poil était encore constellé de dizaines de petits points d'électricité statique.

– Maintenant nous pouvons aller, la caverne se trouve à vingt pas en haut et à droite.

Ils reprirent leur progression malgré la nuit redevenue noire, et ne tardèrent pas à découvrir l'éboulis qui cachait l'orifice de la cavité. La pioche de Lodaüs eut tôt fait de dégager partiellement l'entrée, et le chat se glissa dans l'espace ainsi créé. Un miaulement rauque se fit bientôt entendre. « Ainsi nous y sommes, se dit Lodaüs. Comme tout cela a été dérisoirement facile! » Il élargit l'ouverture et se glissa à la suite du chat.

– Ami, reprit-il à haute voix, il est des lieux où la présence de la lumière n'est pas souhaitable. Ici, le noir est absolu, tu es désormais mon guide.

Aï-d'Moloch se mit en marche et sa queue, frottant la fourrure de ses flancs et de son dos, produisait des jaillissements de petites étincelles électriques qui guidaient son maître. Cette marche dans l'obscurité complète vers une sépulture oubliée avait quelque chose de solennel et de sinistre tout à la fois. Ces sentiments humains paraissaient toutefois étrangers au châtelain qui avançait d'un pas égal, calme et sûr de lui. Rien ne pourrait désormais le détourner de son but.

Le chat s'arrêta et se retourna vers l'homme, ses prunelles phosphorescentes marquant l'endroit où il se tenait aussi nettement qu'aurait pu le faire une torche.

– Nous y voilà, ainsi donc. Ecarte-toi que je prononce les paroles rituelles.

Joachim Lodaüs se mit à décrire des cercles autour de l'endroit désigné par son compagnon. Tout en marchant, il psalmodiait des paroles incantatoires. Soudain l'orage qui ne s'était plus fait entendre depuis un moment se réveilla, et la foudre frappa la caverne. La terre trembla et de nombreuses stalactites se détachèrent du plafond et vinrent se ficher au sol tout autour du nécromancien. Lodaüs ne parut pas s'en apercevoir et prononça d'une voix forte la conjuration suivante :

Eins Shamphalaï genaïssa
Phtagn summon, summon tôs.

Alors du sol même monta un son, un chuintement hideux, à la fois râle et soupir, qui aurait glacé de terreur n'importe quel magicien expérimenté.

– C'est ici, dit la voix du châtelain.

Il attaqua le sol de sa pioche et le roc gicla sous l'impact de l'acier. La terre meuble apparut, une fois déblayés les rochers qui la recouvraient. Lodaüs creusa jusqu'à ce qu'il eût mis la pierre tombale à nu; c'était une simple dalle calcaire sans la moindre inscription. Le fer de la pioche vint la frapper en son centre exact et elle se brisa net. A mains nues, Lodaüs déblaya les morceaux de roche brisée et dégagea une ouverture par laquelle il put pénétrer. Précédé d'Aï-d'Moloch, il se laissa glisser dans la tombe. L'animal renifla chaque pouce de terrain à la recherche de la poussière du corps qu'elle avait contenu jadis. Il s'arrêta enfin, et ses yeux montrèrent à son compagnon l'endroit où prélever du terreau. Lodaüs racla le sol de son couteau et emplit une petite boîte en fer qu'il replaça ensuite dans sa poche.

– Nous pouvons aller maintenant, Chat. Guide-moi jusqu'à la sortie de la caverne, la conjuration de retour doit être prononcée à l'air libre.

Cette seconde traversée de la caverne parut brève au châtelain qui exultait comme rarement il l'avait fait au cours de sa longue vie. De retour à l'extérieur, il traça quatre pantacles sur le sol, se plaça au centre, le chat perché sur son épaule, et prononça une nouvelle formule magique. Un maelström d'énergie les happa et, une fraction de seconde plus tard, tous deux réapparurent dans la petite pièce du domaine de R., face à l'essor du cygne. Il était exactement la même heure que lors de leur départ, car il est certains voyages hors de l'espace commun qui sont affranchis du temps tel que l'égrènent les horloges.

Joachim Lodaüs descendit au laboratoire pour y déposer la boîte au précieux contenu. A l'aube, il animerait le *golem* selon les rites.

PUTRÉFACTION

A l'instant même où Lodaüs partait/revenait de son expédition, Sandra soufflait le dernier cierge de sa chambre. Elle tenait serré contre elle le fouet de Tsian-Cheng.

Sandra avait passé la journée chez Paul Cazaubon et elle lui avait relaté ses premières heures écoulées au manoir, à l'exception toutefois de leur prolongement onirique. Le vieux pharmacien avait été très surpris, voire alarmé, d'apprendre que Lodaüs paraissait le connaître, lui, aussi bien que l'abbé Laffite. Et pourquoi avoir évoqué un « festin » à leur propos? Mais ce qui avait surtout inquiété les deux amis fut l'envoi du marteau de géologue de Didier et la référence verbale du châtelain à Josette. Les narguait-il ou ne se sentait-il pas concerné par le sort tragique de ces deux êtres?

La jeune femme regagna le manoir à la nuit tombée, ayant abondamment fait provision de journaux et de romans. Mais, sa toilette de nuit faite, elle ne se sentait pas d'humeur à lire, un étrangc émoi l'avait saisie. Elle désirait de tout son corps retrouver le monde des Rêves et les aventures insensées qui l'y attendaient.

Comme la veille, l'endormissement vint dès qu'elle se fut allongée sur le lit et l'inhumaine impression de dédoublement combla presque aussitôt son attente. Ce fut en courant qu'elle descendit les marches conduisant au large portail d'onyx; cette fois, ce n'était pas un chat noir qui en gardait l'entrée mais un lapin blanc vêtu d'un gilet à carreaux.

– Je vais être en retard, lui dit-il.

Un peu étonnée, Sandra s'arrêta. Etait-ce elle ou cet étrange animal qui allait être en retard? Elle n'eut pas le temps d'approfondir la question car le lapin reprenait :

– Veuillez laisser votre vêtement et ce fouet, aucun objet du Monde de la Réalité ne doit pénétrer dans celui des Rêves.

– Le fouet appartient à Tsian-Cheng, ô Gardien.

Petite fille, Sandra avait lu un conte arabe où l'on s'adressait ainsi au génie gardien d'une porte redoutable. Peut-être cette formule n'était-elle pas très adéquate appliquée à un lapin, mais elle ne put en imaginer d'autre.

– Très bien, dit-il, vous pouvez le garder, femelle.

Nue, légère, les sens en délire, Sandra courut jusqu'à la Rhia, mais là, une déception l'attendait. Il n'y avait pas de barque en vue. Désappointée, elle se mit à suivre le bord de la berge dans l'espoir d'en découvrir une un peu plus loin. Elle marcha longtemps entre les thuyas et les roseaux, en vain. Soudain, elle entendit un chant; la voix était fraîche, féminine. Sandra courut jusqu'au coude suivant de la rivière et découvrit le spectacle insolite d'une très jeune fille, presque une enfant, qui bivouaquait en compagnie du gros chat rencontré la veille. La jeune fille était vêtue de haillons d'or et ses cheveux couronnés du pampre de la vigne. Elle leva la tête à l'arrivée de Sandra et, du geste, elle l'invita à s'asseoir près d'eux.

– Sois la bienvenue, étrangère, je me nomme Aurore et ce gros matou paresseux est Ankh-Moloch, un des Maîtres-Chats des Basses Terres du Rêve. Qui es-tu?

– Elle s'appelle Sandra et vient du monde de la

Réalité, bougonna le chat. Aucun intérêt pour nous.

– Veux-tu être poli, vilaine bête! Vois-tu, étrangère, depuis bien des années je cherche Aï-D'Jaman, la Cité Fabuleuse où je suis née, et j'espère toujours rencontrer quelqu'un qui pourra m'indiquer la route à suivre. Si tu appartiens au monde de l'Eveil, tu ignores tout de ses murailles d'onyx et de ses toits aux donjons graciles. Mais toi, que fais-tu en ces lieux?

– Je dois rendre ce fouet au seigneur Tsian-Cheng, il vit près de Samarcande dans l'île de Nyl-Pann.

Le chat hérissa son poil et fit le gros dos. Il daigna éclairer la voyageuse :

– Cette ville est située sur la Rhia mais dans la partie de son cours qui coule dans les Hautes Terres du Rêve. Les Basses Terres sont le produit des rêves des enfants du monde de l'Eveil et la vie y est douce et agréable, les Hautes Terres, en revanche, sont le fidèle reflet des cauchemars des adultes : tout y est violence, sadisme, cruauté. Je peux te faire conduire à Samarcande si tu es assez folle pour le vouloir encore; dans le meilleur des cas tu finiras vendue au marché d'esclaves, dans le pire tu seras empalée, comme c'est la coutume dans la région.

– Ce fouet me servira de passeport, j'en suis sûre, Chat. Je t'en prie, fais-moi conduire à Samarcande.

– Tu es aussi folle qu'Aurore qui veut également se rendre dans les Hautes Terres du Rêve; toutes les femelles humaines doivent l'être probablement. Bien, attends ici.

Ankh-Moloch trottina jusqu'à un monticule proche et se mit à pousser des miaulements suraigus. Il s'arrêta brusquement et tendit l'oreille, guettant une réponse. Sandra n'entendit rien mais le Maître-Chat parut satisfait et revint lentement retrouver les deux femmes.

– Place-toi là où je me trouvais et attends.

– Bonne chance, amie! lui cria Aurore tandis qu'elle s'éloignait.

Sandra s'arrêta à l'endroit précis où s'était tenu le chat; elle ignorait ce qui devait se produire et ressentait une délicieuse angoisse. Un grand bruissement d'ailes l'avertit de l'arrivée de quelque oiseau géant. Elle voulut se retourner pour apercevoir l'animal, mais n'eut pas le temps d'esquisser le geste qu'elle se sentait saisir à la taille par deux serres et soulever dans les airs. D'un vol puissant l'oiseau prit de la hauteur puis, après avoir décrit un cercle autour de l'endroit où se tenaient Aurore et Ankh-Moloch, il s'élança au-dessus de la Rhia. Sandra parvint à s'accrocher aux pattes de l'animal afin de mieux répartir le poids de son corps et d'éviter que ses griffes ne lui entrent dans les chairs. Le vol était si rapide qu'elle ne distinguait guère le paysage qui défilait sous elle. Elle aperçut pourtant distinctement le mur de pierre sèche qui marque la limite des Basses et des Hautes Terres. Une fois la limite franchie, la douce lumière mauve qui baignait toute la contrée céda la place à un éclairage plus cru. Sandra distingua mieux le sol qui lui parut aride, désertique. C'est seulement au bout d'un long moment que la végétation réapparut. La rivière était alors devenue plus large et, peu après, elle put distinguer les minarets de Samarcande. Au-delà de la ville, on apercevait nettement le lac qui entourait de ses eaux l'île de Nyl-Pann. C'était dans l'île même que voulait aller Sandra, mais comment le faire comprendre à l'énorme oiseau qui la portait? Celui-ci piqua soudain vers le lac puis descendit en vol plané au ras de l'eau le long de la côte. Lorsqu'il ne fut plus qu'à quelques mètres du rivage, il ouvrit simplement ses serres et la jeune femme tomba la tête la première dans l'eau.

La surprise fut si complète qu'elle coula; tirée de sa

torpeur par le contact de l'eau glacée, elle réussit à arrêter sa descente et à remonter. En quelques brasses elle regagna le rivage et fut tirée hors de l'eau par deux hommes portant le même uniforme que ceux rencontrés dans le rêve précédent. Ils la conduisirent à une maison basse qui se révéla être un poste de garde. Là, un autre homme qui paraissait commander l'interrogea dans cette langue qu'elle avait déjà entendue. Instruite par l'expérience, elle répondit :

– Je viens du monde de l'Eveil, je ne comprends pas cette langue.

– Je te reconnais, dit aussitôt l'homme, tu es l'esclave que le seigneur Tsian-Cheng a ramenée hier. Ainsi, tu as eu l'audace de chercher à t'évader.

– Mais non... je...

– Emmenez-la.

A cet ordre Sandra fut poussée dans un escalier qui menait dans une salle située au-dessous du poste de garde. Un de ses gardiens lui lia les mains derrière le dos et la poussa vers le fond de la pièce.

– Regarde, chienne, le sort réservé aux esclaves fugitives et qui va être le tien.

Sandra leva les yeux et se mit à hurler d'horreur. Deux jeunes femmes – encore vivantes – étaient pendues par les seins à des crocs de boucher. Ses jambes lui manquèrent et elle serait tombée si ses gardiens ne l'avaient soutenue. Un instant elle perdit conscience. Une douleur aiguë la ramena à la vie, un des hommes l'avait soulevée du sol, en la tenant par les cuisses, et ses seins lourds reposaient maintenant sur deux pointes d'acier qui commençaient à lui entrer dans la chair. Elle se mit à hurler comme une folle :

– Arrêtez... arrêtez... je ne me suis pas enfuie... regardez, j'ai le fouet de votre maître...

L'un des soldats passa le fouet à son supérieur qui l'examina rapidement.

– Ce fouet appartient bien au seigneur Tsian-Cheng. Ainsi, chienne, non contente de t'enfuir, tu l'as volé. Accroche-la.

L'homme qui soutenait Sandra relâcha son étreinte et tout le poids du corps vint porter sur les deux crocs qui s'enfoncèrent dans les mamelles de la malheureuse. Il lui sembla que sa poitrine explosait sous deux lames de feu. Avant de s'évanouir Sandra eut la force de hurler :

– ... non... c'est Joachim Lodaüs qui me l'a donné...

Elle était déjà inconsciente lorsque les pointes de l'instrument de supplice ressortirent par la partie supérieure de ses seins. Les hommes de garde quittèrent alors la petite salle où agonisaient maintenant trois femmes suspendues à leurs seins distendus.

COAGULATION

Lorsque le soleil émergea de l'horizon, éclairant le manoir de la première lueur de l'aube, Joachim Lodaüs et Aï-d'Moloch descendirent au laboratoire.

Leur démarche habituellement lente était plus solennelle encore que d'habitude. L'Opération dont dépendait tout le succès futur de leur entreprise allait commencer. Ils allaient redonner vie à un être mort depuis des siècles, un être dont les pouvoirs avaient été grands et qui pouvait être redoutable.

Sur la grande table du laboratoire, Lodaüs avait préparé une masse d'argile rouge. Il se mit à sculpter grossièrement la forme d'un corps masculin. Cette partie manuelle de la tâche semblait lui répugner quelque peu et il progressait lentement. Il alla même, fait exceptionnel, jusqu'à retirer sa redingote noire; le métier de sculpteur lui était manifestement étranger. Le chat se contentait de surveiller l'opération, couché au pied de son astrolabe favori.

La statue prête, Lodaüs prit un scalpel et grava sur le front d'argile les lettres : A E M E A T H, puis introduisit dans son crâne une partie de la poussière récoltée au cours de l'expédition nocturne. Il se tourna alors vers son compagnon pour lui dire :

– Nous allons faire un premier essai afin de nous

assurer de l'identité de *ce* que nous avons ramené. Tu vas tenir le miroir.

Le châtelain prit un grand miroir sur pied et l'inclina de façon que le visage de la statue s'y reflète entièrement. La position exacte trouvée, Aï-d'Moloch bloqua l'engin avec sa patte. De son côté Lodaüs était allé chercher un livre donnant la reproduction photographique d'une sorte de visage humain, d'une esquisse de visage serait mieux dire. Il plaça l'image photographique sur le même plan que la tête de la statue d'argile puis amena progressivement son reflet en coïncidence avec celui de *golem*. Il ouvrit la bouche pour prononcer la formule rituelle mais l'être avait remué. Il se redressa lentement sur ses coudes qui se déformèrent sous son poids et fixa le châtelain du regard mort de ses orbites vides. Sa bouche de glaise s'entrouvrit, ou plutôt se craquela, et une voix horriblement déformée en chuinta :

– Tu ne savais pas, maudit! Moi, puissance encore, gloire...

L'être, dans un effort surhumain, s'arracha à la table et parvint à se mettre debout.

– Tu vas me suivre...

A ces mots, il bascula en avant et ses mains agrippèrent le cou de Lodaüs. Celui-ci, parfaitement maître de lui, leva la main pour effacer les deux premières lettres du mot AEMEATH, mais cela ne fut pas nécessaire. La caricature d'homme s'effondra d'elle-même et retomba en masse informe aux pieds du châtelain.

– C'était bien lui, Chat; maintenant je suis sûr du succès.

Non sans répugnance, Lodaüs ramassa les morceaux du corps d'argile et entreprit de sculpter une nouvelle statue. Il incorpora cette fois toute la substance trouvée dans la caverne et il traça les lettres magiques sur le front du *golem*.

– Maintenant, il nous faut rappeler Guland, dit-il.

Le châtelain travaillait sans hâte, complètement indifférent au sentiment d'exaltation que la conduite d'une telle entreprise aurait pu provoquer chez un mage moins élevé dans la maîtrise des pouvoirs occultes. Il procéda à l'évocation du démon Guland selon le lent rituel que nous avons déjà eu l'occasion de rapporter. Lorsque la substance démoniaque se fut matérialisée, Lodaüs demanda :

– Qui es-tu, démon subalterne?

« Je suis Guland, maudit. »

Le châtelain prit un pain brûlé sur la table voisine, tout en ayant bien soin de ne pas sortir du cercle, et le lança dans la masse opaque qui lui faisait face. Ayant sacrifié au rite immuable, il reprit :

– Tu sais pourquoi je t'ai évoqué, Guland. Es-tu prêt à m'obéir?

« J'y suis contraint, tu le sais bien, mais sache que toutes les légions démoniaques espèrent que ton Opération se retournera contre toi et t'anéantira. Au besoin elles y contribueront. Sache enfin que je te tiens pour la plus immonde bête malfaisante qui ait jamais foulé le sol du monde de l'Eveil comme de celui des Rêves. »

– Tais-toi, Guland, ma patience a des limites. J'aime savoir combien je suis apprécié parmi vous, mais je ne t'ai pas fait venir pour écouter tes jérémiades. Transforme immédiatement cette statue d'argile en un corps humain normal, d'âge et de force moyens. Un corps ne possédant aucun pouvoir particulier, qui ne grandisse pas pour devenir un géant, un corps que je puisse à tout instant contrôler. Fais.

Un long filament se détacha de la substance qui était Guland et rampa vers la table sur laquelle était étendu le *golem.* On aurait cru voir quelque pseudopode géant quitter l'amibe matricielle. Le filament s'enroula autour de la statue d'argile et tissa une sorte de cocon qui l'entoura bientôt complètement.

– C'est bien, commenta Joachim Lodaüs à l'adresse d'Aï-d'Moloch perché sur son épaule. Il s'agit du mystère de la métamorphose.

Plus rien ne se passa pendant quelques minutes, puis le cocon se défit lentement. A la place de la grossière statue d'argile le corps d'un homme nu d'une trentaine d'années reposait sur la table du laboratoire. Lodaüs ordonna aussitôt au démon de se retirer et scella la faille spatiale par laquelle il était venu au moyen de quatre pantacles. Il recommença seulement alors l'opération consistant à faire coïncider le reflet du visage du *golem* et celui de l'image photographique. Un frémissement parcourut le corps de l'homme sans vie. Le châtelain prononça la formule rituelle :

Per edonaï, phtagn tös eins golem!

L'être ouvrit les yeux.

– Qui suis-je? demanda le châtelain.

– Le Maître.

– Que feras-tu?

– Je te servirai.

Brusquement une déformation ravagea les traits de la créature qui se mit à trembler, puis à hurler :

– Non, non, toi... jamais! Ah!...

La voix se brisa en un long sanglot et deux larmes coulèrent sur ses joues. Lodaüs étendit sa main au-dessus du visage de la créature, ce qui eut pour effet de la calmer. Le châtelain s'adressa de nouveau à elle en détachant ses mots :

– Tu t'appelles Modeste. Tu m'appartiens et, désormais, tu resteras dans cette maison. Tu obéiras à ce Maître-Chat, Aï-d'Moloch, comme à moi-même.

– Oui, Maître.

Lodaüs parut satisfait. Il alla chercher dans une malle des vêtements et aida le *golem* à les enfiler puis le fit marcher, s'asseoir, se lever, afin d'étudier la coordination de ses mouvements. L'homme était parfait et, en le voyant, nul n'aurait pu se douter qu'il n'était pas né du ventre d'une femme.

– Quel est ton nom? demanda le châtelain.

– Modeste.

– Est-ce le tien?

– Tu me l'as dit et je ne m'en connais point d'autre.

– As-tu des souvenirs?

– Des souvenirs? Peut-être... des choses qui traversent mon esprit et que je ne comprends pas... Je ne sais pas, Maître, je ferai comme il te plaira.

– Tu ne sais donc plus rien?

– Plus rien.

– C'est bien, viens avec nous.

Précédé d'Aï-d'Moloch et suivi de Modeste, Joachim Lodaüs remonta dans la grand'salle. Le *golem* regardait tout autour de lui avec la curiosité d'un enfant en bas âge. La fenêtre parut le fasciner et il alla contempler le paysage de la plaine. Soudain il parut se contracter et fut secoué d'un sanglot.

– Laissez, laissez oiseaux... à moi, à moi... fleurs, laissez, oh! laissez. Non, Dieu n'a pas voulu cela! Enfants, oh! oiseaux...

Modeste tomba à genoux et pleura à chaudes larmes. Lodaüs le regardait faire avec un mépris non dissimulé. La crise passée, la malheureuse créature se releva, considérant le châtelain et son chat d'un regard égaré.

– Les oiseaux... je veux les oiseaux, geignit de nouveau Modeste.

Un éclair de satisfaction passa dans les yeux de Lodaüs et il se permit un de ses rares sourires. Modeste, le *golem* fou, était une expérience réussie.

LIVRE II

LE DEUXIÈME ŒUVRE

« Ceux qui croient en le non-devenir entrent dans de profondes ténèbres. Dans plus de ténèbres encore ceux qui se complaisent dans le devenir. »

Isa Upanishad.

LE LION VERT

Sandra Fennini se réveilla ce matin-là oppressée, la tête lourde. Elle crut un instant se retrouver dans sa chambre de petite fille d'où elle apercevait, par-dessus les toits, la mer Adriatique. Mais en lieu et place des criailleries permanentes d'une maison italienne, il n'y avait que le silence. Sandra se redressa sur son lit et deux douleurs atroces fulgurèrent à travers sa poitrine; le souvenir précis de l'horrible cauchemar nocturne lui revint aussitôt. La douleur était si vive que la jeune femme se crut blessée et palpa ses seins en quête de sang; il n'y en avait pas. Elle se leva et, titubante, ouvrit les contrevents de bois. Le soleil matinal était si limpide que même les mornes étendues de R. paraissaient moins sinistres. La douleur ressentie s'atténua bientôt; au bout d'un moment Sandra se demanda si elle ne l'avait pas également rêvée.

Le châtelain lui avait donné quartier libre pour la matinée, aussi décida-t-elle de paresser dans sa chambre. La curiosité lui fit ouvrir la porte de communication qui la séparait de celle de son futur malade : elle était toujours vide. Sandra revint à la fenêtre et laissa son regard errer sur la terrasse; elle se sentait dans une sorte d'état second, comme droguée, et eut l'intuition que ses visites dans l'univers onirique en étaient la cause. Peut-être avait-elle eu tort de ne pas en parler à l'abbé Laffite, mais que pouvait-il savoir de cette contrée ignorée du conscient des hommes? Seul Lodaüs savait, assurément, mais consentirait-il à la renseigner? Elle avait beau essayer de détourner ses pensées de Tsian-Cheng, elle prenait prétexte du moindre détail pour y revenir sans cesse. Elle décida d'être franche avec elle-même, elle aimait le seigneur de Nyl-Pann où, plus exactement, le désirait de tout son corps. Chez Sandra, passé les amourettes enfantines, l'amour avait toujours été physique et elle n'avait jamais su résister à l'attrait d'un beau mâle. C'est ce qui lui avait coûté sa situation et son mariage.

Elle passa sa matinée à rêvasser ainsi. Quand elle descendit à 12 h 30, elle avait pris deux décisions : rejoindre Tsian-Cheng toutes les nuits si possible et interroger le châtelain à ce sujet.

En arrivant dans la grand'salle elle eut la surprise de constater que le repas était servi pour quatre personnes. « Par qui? » se demanda-t-elle encore. Depuis qu'elle était à R. elle n'avait pas aperçu un seul domestique. Une autre constatation la figea sur place, elle n'avait pas vu non plus de cuisine! Elle jugea cette idée folle et la chassa. Après tout, elle ne connaissait pas les pièces situées au-dessous de la grand'salle près du laboratoire.

La porte donnant sur le parc s'ouvrit derrière elle, donnant passage à Lodaüs suivi d'un homme jeune qui ressemblait à un hippie, cheveux longs tombant sur les épaules comme en portent tant de jeunes aujourd'hui et courte barbe. Le châtelain paraissait d'excellente humeur; il fit les présentations.

– Madame Fennini, voici votre malade. Il se nomme Modeste et se trouve, disons, en état de choc. Ses idées ne sont plus très claires, je le crains, mais cela ira en s'améliorant, n'est-ce pas, Modeste?

– Oui, Maître, répondit l'homme.

Sandra eut l'impression que ce dialogue sonnait faux, que l'intérêt que Lodaüs paraissait porter au malade était feint et que chacun de ses propos avait un double sens. Après tout, se dit-elle, ce n'était pas son affaire; elle adressa son sourire le plus professionnel à Modeste et lui dit :

– Appelez-moi Sandra, Modeste, je suis sûre que nous nous entendrons très bien.

– Oui, c'est vrai, vous êtes bonne, répondit-il. Vous n'êtes pas comme ces deux maudits...

Puis il éclata en sanglots. Lodaüs parut plus amusé que fâché par cette sortie. Aï-d'Moloch, qui venait de surgir on ne sait d'où, sourit franchement. Le châtelain se mit à table et pria ses convives d'en faire autant. Tout son repas consista en un biscuit trempé dans un verre de vin rouge. Sandra ne put s'empêcher de se demander comment il pouvait vivre en mangeant si peu. Modeste, lui, fit honneur au repas mais manifesta une ignorance certaine quant au maniement des cuillers et fourchettes. Sandra dut lui tenir la main au début et il la remercia avec effusion. Voyant que le châtelain ne mangeait plus et craignant qu'il ne s'en aille, la jeune femme réunit son courage et lui demanda :

– Puis-je me permettre de vous poser deux ou trois questions, monsieur?

– C'était hier le temps des questions, madame Fennini. Je répondrai encore à une seule, et ce sera la dernière. Par ailleurs, je crois vous l'avoir déjà dit, Aï-d'Moloch est parfaitement capable de vous renseigner sur des points précis. N'hésitez pas à le consulter.

Cette sèche réponse glaça Sandra, mais elle avait trop besoin de renseignements pour se laisser rebuter. Elle réfléchit rapidement à la question exacte à poser, elle se décida pour une demande vague qui, elle l'espérait, amènerait Lodaüs à lui fournir plus de renseignements.

– Pardonnez-moi, monsieur, je ne le ferai plus. Mais j'ai un problème trop compliqué pour une réponse par oui ou par non. Je désire rejoindre la nuit une certaine personne dans le monde des Rêves. Je ne sais pas du tout comment il faut faire et...

– Soit, la coupa Lodaüs. Je vais vous dire ce que vous devez en savoir. D'abord retenez bien ceci : chaque fois que vous éteindrez les quatre cierges de votre chambre, vous serez happée par l'univers onirique. Pour l'éviter, il vous faut dormir avec un des cierges allumés. Lors des deux premiers rêves, vous vous retrouvez à la première case du jeu de l'oie, c'est-à-dire au portail d'onyx. A partir du troisième, vous enchaînez directement sur la séquence vécue la nuit précédente, sauf altérations temporelles.

Le chat fit entendre un étrange bruit de gorge tout à fait inhabituel chez un tel animal.

– Aï-d'Moloch qui adore les plaisanteries douteuses, reprit Lodaüs, pense que, dans votre cas, la situation ne manquera pas de piquant.

Sur ces mots, prononcés sans l'ombre d'un sourire, le châtelain se leva et quitta la pièce suivi de son familier, laissant la jeune femme avec son malade. Sandra mit quelques secondes à comprendre les implications des derniers propos de Lodaüs, puis la réalisation vint et, comprimant sa poitrine à pleines mains, elle ne put retenir un gémissement d'horreur. Ainsi c'était *cela* le prix qu'il faudrait payer pour avoir une chance de revoir, peut-être, Tsian-Cheng!

– Qu'avez-vous, jolie dame? s'inquiéta Modeste. Le monstre vous aurait-il blessée?

– Ce n'est rien, merci. Un mauvais rêve, voilà tout. Parlons plutôt de vous, Modeste. D'où venez-vous? Y a-t-il longtemps que vous connaissez le châtelain?

L'homme la regarda avec incompréhension.

– Voyons, où viviez-vous avant de venir ici? insista Sandra.

– Avant de venir ici, j'étais mort.

La jeune femme ne put rien en tirer d'autre et en conclut que le pauvre garçon était amnésique. Elle le promena sur la terrasse une bonne partie de l'après-midi, puis l'aida à s'installer dans sa chambre. Modeste se montra constamment doux et obéissant, au point que Sandra avait l'impression de s'occuper d'un très jeune enfant et non d'un adulte. Ils prirent seuls le repas du soir, le châtelain et son chat s'étaient retirés dans le laboratoire et n'en avaient pas reparu. Avant de remonter dans les chambres Sandra montra la bibliothèque à son malade; après tout, peut-être connaissait-il les langues anciennes...

– Ce n'est pas sa bibliothèque, dit-il.

– Comment? Que voulez-vous dire, Modeste?

– Ce ne sont pas ses livres, au maudit, je le sais.

L'homme malade n'ajouta rien et Sandra se rappela alors que Lodaüs lui avait déclaré garder ses livres utiles au laboratoire. Modeste, qui passait en revue les titres d'un rayon situé près de lui, tendit la main et saisit un très vieil ouvrage manuscrit qu'il montra à sa compagne. Le titre calligraphié en était : *Vie de Joachim Lodaüs, né en 1295, sur les terres du domaine de R.*

– Ce devait être son ancêtre, dit Sandra. Ainsi, sa famille possède le domaine depuis près de sept cents ans!

– Son ancêtre, croyez-vous? demanda Modeste d'un ton narquois qui lui était inhabituel. Je pense que je vais lire ce livre, ajouta-t-il.

Tous deux regagnèrent alors leurs chambres respectives et se souhaitèrent le bonsoir. A l'entrée de Sandra dans sa chambre, les quatre cierges s'illuminèrent tel un appel. La jeune femme resta un moment appuyée à la porte, considérant les petites flammes vacillantes. Les flammes qui ouvraient les portes de l'univers onirique. Il lui fallait se décider, abandonner sa passion chimérique et se contenter de la vie réelle et peu enthousiasmante qui avait été la sienne depuis plus de dix ans. Ou se perdre dans cette vie nocturne qui, elle le sentait, allait la détacher de plus en plus du réel, et, pour cela, payer le prix de la souffrance ignoble. « Je suis folle », murmura-t-elle, puis elle se déshabilla et, sans même procéder à sa toilette nocturne, elle souffla les quatre cierges et s'étendit sur le lit.

Le temps de passage fut très bref; en fait il ne s'écoula guère plus de quelques secondes entre le moment de l'extinction des cierges et celui où la douleur atroce fulgura dans sa poitrine. Elle était désormais seule dans la petite pièce, les deux autres suppliciées avaient dû mourir pendant le laps de temps que Sandra avait passé dans le monde de l'éveil. Elle eut la force de redresser sa tête pour regarder ses seins. Les trous faits par les crocs à leur partie supérieure étaient maintenant larges de cinq bons centimètres. Le poids de son corps n'allait pas tarder à les déchirer complètement. Elle laissa échapper un long gémissement, un homme de garde vint aussitôt dans la pièce, poussa une exclamation de surprise et partit en courant.

« Tsian-Cheng n'a pas donné l'ordre de me détacher, songea la malheureuse, quelle folle j'ai été. »

Et le temps passa, Sandra n'était plus qu'une immense douleur qui partait de sa poitrine et s'irradiait dans tout le corps. Petit à petit, elle sentait ses mamelles se déchirer, bientôt elles éclateraient comme des grenades mûres. Elle entendit à peine la porte de sa geôle s'ouvrir et ne tressaillit même pas en reconnaissant la voix de Tsian-Cheng, la douleur avait tout effacé en elle. Pourtant, il lui parlait :

– Ainsi tu as été assez folle pour revenir, femme, sachant ce qui t'attendait. Je suis cruel, sais-tu, et j'ai bien envie de rester simplement là, à contempler ton agonie, mais tu m'as intrigué en révélant à mes hommes que mon fouet t'avait été remis par le châtelain de R., au nom mille fois maudit. Détachez-la, ajouta-t-il à l'adresse des serviteurs qui l'accompagnaient.

La douleur pour être arrachée aux crocs fut peut-être pire que celle pour y être suspendue, et Sandra s'évanouit à nouveau. Elle se réveilla allongée sur une table, des médecins s'affairant autour d'elle. Une première évidence s'imposa à elle, toute souffrance avait disparu. Elle se redressa sur les coudes pour regarder sa poitrine et vit avec stupeur que le sein gauche ne présentait plus la moindre trace de blessure alors que l'autre était déchiré sur près de sept centimètres. L'un des médecins lui fit signe de se recoucher puis il versa une substance brune dans la plaie ouverte, ensuite il remodela la forme du sein et étendit dessus un produit ressemblant à de la laque. Il appliqua enfin deux feuilles d'une plante inconnue aux deux extrémités de la blessure; cinq minutes après il les enlevait.

– Voilà, dit-il à Sandra, tu es guérie, femme. La médecine du monde des Rêves est différente de celle que tu connaissais, n'est-ce pas? Si tu comptes parcourir souvent les Hautes Terres, tu subiras bien d'autres supplices, mais sache que seule la mort est irrémédiable.

– Que se passe-t-il si je viens à être tuée au cours d'un rêve?

– Au lieu de poursuivre la séquence onirique commencée, tu recommences à zéro au portail d'onyx.

Comme la veille Sandra fut ensuite confiée aux servantes de Tsian-Cheng qui la baignèrent et la parfumèrent, puis elles la conduisirent aux appartements du seigneur de Nyl-Pann. Ce dernier attendait Sandra, couché nu sur un lit fait d'une multitude de coussins tissés de fils d'or. Il fumait un narguilé.

– Agenouille-toi auprès du lit, femelle. Dis-moi, quels rapports contre nature entretiens-tu avec Joachim Lodaüs?

– Il m'emploie comme infirmière, je dois veiller sur un patient qu'il garde chez lui.

– Un patient! Quelle diablerie est-ce là? Mais, suffit, je ne veux point me montrer curieux vis-à-vis du châtelain de R. Aucune créature, homme, dieu ou démon, n'est aussi dangereuse que lui. Comment en est-il venu à te donner ce fouet que je lui avais un jour remis en gage?

– Il cherchait dans un tiroir un marteau de géologue appartenant à un garçon, nommé Didier...

– Ne me parle pas de ce chien et du démon Mylène, son seul nom me met en rage!

– Et il..., continua Sandra décontenancée, il a trouvé ce fouet et me l'a donné en me disant de vous le remettre lorsque je vous reverrai. Il paraît être au courant de tous mes rêves.

– C'est tout? Eh bien, chienne, tu as eu de la chance que je ne sache pas cela plus tôt. A l'heure qu'il est, tu agoniserais dans une oubliette du château, les mamelles éclatées; je te croyais chargée d'un message pour moi. Enfin, puisque tu es là, donne-moi du plaisir.

Sandra s'agenouilla au-dessus des cuisses de Tsian-Cheng puis dans un va-et-vient très lent lui massa les parties nobles avec son sexe. Lorsque le membre de l'homme se fut dressé, elle le prit dans sa bouche jusqu'à ce qu'il soit devenu dur comme du marbre, alors elle s'empala dessus. Lorsqu'un peu plus tard, elle sentit la semence de l'homme gicler en elle, Sandra crut défaillir de jouissance. Jamais les sensations physiques que lui avaient procurées ses autres amants n'avaient atteint cette intensité et cette plénitude. Comblée, elle se laissa glisser à côté de Tsian-Cheng, les yeux clos.

– Holà, femelle! Ce n'est pas le moment de dormir, tu ne partages pas la couche d'un de ces impuissants du monde de l'Eveil...

Et comme pour donner plus de consistance à ses paroles, le seigneur de Nyl-Pann saisit sa main et la plaça sur son sexe à nouveau triomphant. Au cours de la nuit il posséda onze fois la jeune femme, l'utilisant par tous les orifices; à l'aube elle était totalement épuisée de fatigue et de volupté, alors que Tsian-Cheng paraissait frais et dispos.

– Tu es bien comme toutes les femmes du monde de l'Eveil, commenta-t-il, aucune résistance physique. Tu seras vendue tout à l'heure au marché d'esclaves de Samarcande.

Il frappa dans ses mains et donna ses instructions à deux serviteurs. Sandra était bien trop épuisée pour essayer seulement de fléchir Tsian-Cheng, d'ailleurs cela n'aurait servi à rien, elle en était sûre. Elle fut à nouveau baignée, puis peignée, fardée et recouverte d'une mince cape blanche. En quittant le château, Sandra croisa Ho'sharry, la favorite de Tsian-Cheng, dont la beauté sculpturale lui coupa le souffle. Puis une barque la conduisit en ville. Là, deux hommes revêtus de la livrée de Nyl-Pann la menèrent jusqu'à une grande bâtisse ronde et la laissèrent aux mains d'un vieil homme adipeux, après avoir discuté un moment avec lui dans cette langue que les habitants du monde des Rêves employaient entre eux. Après leur départ, l'homme examina Sandra d'un œil critique, il écarta sa cape pour scruter sa nudité, palpa ses seins et ses fesses, puis haussa les épaules d'un air dégoûté.

– Tu ne vaux pas grand-chose, dit-il. Si tu ne m'avais pas été envoyée par Tsian-Cheng, j'aurais refusé de te mettre en vente, je t'aurais gardée pour les Jeux. Après tout, ça t'est égal de mourir, tu es une rêveuse.

– Vous me trouvez si repoussante que cela?

– Tu ne comprends pas, esclave. Un homme va donner de l'or pour posséder ton corps, mais à l'instant même où tu t'éveilleras de ton rêve, tu disparaîtras et tu peux très bien ne jamais revenir. Qu'aura eu cet homme pour son or? Ici, personne n'accepte d'acheter une rêveuse à moins qu'elle ne soit très jeune et vierge; et encore les enchères ne montent pas loin.

– Je n'avais pas pensé à cela, reconnut Sandra. Vous avez raison, personne ne voudra de moi.

– Attends, esclave, le vieux Kyril a plus d'un tour dans son sac à malices. J'ai une affaire exceptionnelle dans cette vente, une fille superbe qui se nomme Tiyii. Je vais te présenter comme son amie et vous vendre en lot. Hé! Hé! Pas bête le vieux, hein? Suis-moi, je vais te conduire à sa cellule, je l'ai placée seule afin qu'on ne risque pas de me l'abîmer, vous avez encore une bonne heure avant la vente pour faire connaissance.

Précédée du vieux Kyril, Sandra parcourut les couloirs d'une gigantesque prison où des centaines d'esclaves attendaient d'être vendus ou revendus. Ils étaient parqués à plusieurs dans des cellules exiguës, certains s'accrochaient aux barreaux qui fermaient leur prison, mais sans oser ni supplier ni invectiver leurs geôliers. Le classement était fait par sexe et par âge. Sandra constata avec horreur que des enfants très jeunes allaient être mis en vente.

Le vieillard s'arrêta devant une cellule occupée par une jeune fille exceptionnellement belle et bien faite. Il ouvrit la porte et fit entrer Sandra.

– Tiens, voilà de la compagnie, ma belle. C'est une rêveuse, vous serez vendues en lot.

La jeune fille sourit à Sandra et l'invita à s'asseoir près d'elle.

– Je m'appelle Tiyii, dit-elle, et toi?

LE VULCAIN LUNATIQUE

L'aube suivante vit la réapparition de Lodaüs. Il semblait d'excellente humeur lorsqu'il rejoignit Modeste et Sandra à l'heure du petit déjeuner.

– Je bois à votre santé, mes chers hôtes, déclara-t-il en trempant ses lèvres dans le fond d'une tasse de café.

Il considéra un moment Modeste sans rien dire puis ajouta :

– Etes-vous satisfait de votre installation ici, mon ami?

– Oui, Maître.

– Vous aurez de la compagnie très bientôt. J'attends deux autres invités aujourd'hui même, je compte sur vous pour les conduire jusqu'à moi.

Sur ces mots il quitta la pièce, laissant Sandra un peu interdite; pourquoi des invités auraient-ils besoin d'elle pour parvenir jusqu'au maître de céans? C'était absurde! Un gémissement de Modeste brisa là sa réflexion; il paraissait souffrir et sa tête ballottait lamentablement.

– Qu'avez-vous, Modeste?

Un soupir gonfla sa poitrine et un son inarticulé jaillit de ses lèvres. Il se leva d'un bond et s'enfuit dans le jardin en hurlant :

– Il ne faut pas qu'ils viennent. Non! Il ne faut surtout pas...

Sandra se souvint des ordres du châtelain : ne jamais perdre de vue le malade pendant la journée, et elle s'élança à sa poursuite. L'homme courait plus vite qu'elle et la jeune femme fut rapidement distancée. Modeste s'était engagé dans le chemin pierreux qui descend le long du manoir et se termine par un sentier forestier. Lorsque Sandra arriva au bout du sentier, essoufflée et se tenant le côté, son malade avait disparu. Elle se mit à l'appeler désespérément et un gémissement lui parvint situé derrière un bosquet d'arbres en contrebas; elle s'y précipita, Modeste s'y tenait, adossé à un chêne séculaire. Il paraissait terrorisé.

– Qu'avez-vous, Modeste? De quoi avez-vous peur? Il ne faut pas vous enfuir comme cela...

– Il faut me pardonner, jolie dame, j'ai peur... Ce n'est pas la terre de Dieu ici; écoutez, pas un oiseau ne chante, regardez, pas un insecte ne bouge. C'est le silence du Chaos originel qui règne. Tout est mort ici.

Une idée parut le frapper soudainement :

– Moi, je n'existe pas, lui non plus et pas davantage son infernale bête. Fuyez, jolie dame, fuyez tant qu'il en est temps encore.

– Que voulez-vous dire, Modeste?

Mais le regard du malade était redevenu vague, la lucidité l'avait abandonné. Il ne sut que répéter stupidement :

– ... dire Modeste, dire Modeste...

Sandra le prit par le bras et s'apprêtait à lui faire rebrousser chemin lorsqu'un cri lamentable les fit sursauter :

– Ououou... ouou... ououou...

La voix était incontestablement humaine et provenait d'une clairière située un peu plus bas, du côté du principal sentier forestier. Sandra n'hésita pas et entraîna Modeste. Son instinct professionnel avait repris le dessus : ce cri était peut-être celui d'une personne blessée et il fallait lui porter secours. Tirant Modeste, elle gagna la clairière aussi vite que ronces, épines et branchages le lui permettaient. Une silhouette s'y dressait. De loin, on l'aurait facilement prise pour celle d'un épouvantail, pourtant il s'agissait d'un homme aux vêtements en lambeaux et coiffé d'un chapeau de paille. A sa façon de regarder les deux arrivants, on comprenait sans peine qu'il s'agissait d'un de ces idiots de village comme on en rencontre encore souvent dans les campagnes. Brusquement il battit l'air de ses deux bras comme s'il avait voulu s'envoler; son vain effort accompli, il se reprit à gémir et, pour la seconde fois, le bois retentit de son hululement.

– Ouououo... ouou...

Sandra ne se souvenait pas de l'avoir aperçu lors de sa visite détaillée du village de A. Devant sa vaine tentative pour prendre son essor, elle le baptisa immédiatement l'Oiseau, puis essaya de l'interroger :

– Que faites-vous ici, mon ami? Qui êtes-vous?

L'homme se contenta de la fixer stupidement.

– Ne bougez pas, Modeste; j'ai une idée.

Ce disant, Sandra contourna l'Oiseau, qui n'y prêta aucune attention, s'approcha de lui par-derrière et cria. Il ne tressaillit même pas.

– Ce pauvre homme doit être sourd et muet, reprit-elle, j'ai déjà eu l'occasion d'en rencontrer au cours de mes études d'infirmière.

– Je me demande ce qu'il fait là, lui répondit Modeste qui semblait avoir oublié sa frayeur.

– Il faut le conduire à ma voiture, puis nous irons au village, j'ai des amis là-bas à qui le confier. Nous ne pouvons le laisser là, Lodaüs le chasserait certainement.

– Vous avez raison, mademoiselle Sandra, mieux vaut qu'on ne l'aperçoive pas du manoir. A moins que...

– Au contraire; on m'y attend.

L'Oiseau avait prononcé cette phrase avec sécheresse et autorité. Aussitôt après, il se mit à courir en battant désespérément l'air des bras et en hululant à perdre haleine. Sandra ne put s'empêcher de frissonner. Que cachait cet être grotesque? Quel effroyable secret était enfoui en lui pour qu'il déguise ainsi ses facultés humaines?

– Ainsi, dit Modeste, le premier invité de Joachim Lodaüs est un idiot...

– Je l'ai baptisé l'Oiseau, dit Sandra, tout en sentant ce que cette remarque avait de naïf.

Un fin sourire étira les lèvres de son malade, un sourire comme elle ne lui en avait jamais vu, exprimant l'ironie et la compréhension.

– L'oiseau, pourquoi pas?

Tous deux, suivis du pauvre hère, remontèrent vers le sentier bordant la terrasse du manoir. Le châtelain et son chat les attendaient près de la porte du jardin; ils ne parurent pas autrement surpris de découvrir le troisième arrivant. Ce dernier s'approcha du bord de la terrasse et tenta de s'envoler mais sans, toutefois, avoir au préalable enjambé le parapet.

– Nous l'avons découvert dans la clairière située en contrebas de la terrasse, monsieur, déclara Sandra. Je l'ai d'abord cru sourd et muet, puis il a parlé une fois pour nous dire qu'il était attendu. Je l'ai baptisé l'Oiseau en raison de son curieux manège. Devrai-je également m'occuper de lui, monsieur?

– Nullement, madame Fennini. Notre ami l'Oiseau, conservons-lui ce nom qui lui convient parfaitement, n'est pas aussi stupide qu'il s'en donne l'air. Tout va bien avec votre malade?

– Oui, monsieur, il est très docile. Son intelligence passe par des phases de lucidité, et à d'autres moments ce n'est plus qu'un enfant effrayé. Je pense que son état devrait s'améliorer avec le temps, j'ai déjà rencontré des cas semblables à l'hôpital.

– Très bien, attendons, coupa le châtelain qui se retira à l'intérieur. Prévenez-moi si le second invité vient à se présenter.

Sandra regretta de ne pas lui avoir demandé à quoi il pourrait ressembler, mais Lodaüs était parti si brusquement qu'elle avait été prise de court. Elle revint près de Modeste qui, assis par terre, essayait de cueillir quelques fleurs des champs. Rares étaient celles qui poussaient à R. et il s'écorchait les mains à les disputer au chiendent et aux chardons. Il paraissait dans une période triste et geignait doucement tout en caressant les pétales des fleurs.

– Qu'avez-vous, Modeste?

– Enfant, sa main vous sera douce...

Sandra resta un instant interdite puis demanda :

– De qui parlez-vous, Modeste?

– De celle qui vient et que je ne connais pas encore.

Puis il se leva et prit une pose, bras tendus, les yeux fixés sur l'horizon. Peu après le marteau de bronze de la porte du manoir retentit; ni Aï-d'Moloch ni les deux hommes ne parurent entendre, aussi Sandra se dirigea-t-elle vers l'entrée. Une femme d'une cinquantaine d'années, très pauvrement vêtue, s'y tenait. Elle paraissait essoufflée.

– Vous désirez, madame?

– Je suis bien chez le chevalier Lodaüs?

– Vous êtes, en effet, chez M. Lodaüs, mais j'ignorais qu'il fût chevalier.

– Voulez-vous le prévenir que Maria Bianccchini est là? Je pense qu'il acceptera de me recevoir.

– C'est inutile, Madame, j'ai été avertie de votre arrivée, vous pouvez entrer.

– Ah! il savait...

Elle parut réfléchir puis se décida à franchir la porte. Par curiosité, Sandra lui demanda :

– Il y a deux autres invités ici, peut-être les connaissez-vous?

Les traits de la femme s'altérèrent, pourtant elle répondit avec indifférence :

– Oh, je ne pense pas, mademoiselle! Je ne suis pas de la région, vous savez, et je ne connais personne par ici.

– Je me nomme Sandra Fennini, nous sommes sans doute compatriotes?

Mais la nouvelle venue regarda la jeune femme sans comprendre et se contenta de la suivre sans répondre. Une fois parvenue sur la terrasse, elle s'assit sur un banc de pierre sans jeter un regard à l'Oiseau ou à Modeste. Sandra s'éloigna en haussant les épaules : après tout, que lui importait! Depuis ses incursions nocturnes dans le monde des Rêves, plus rien ne la surprenait ou l'inquiétait, tout lui était devenu indifférent. Elle se sentait désormais étrangère au monde glacé qui l'entourait et ne vivait plus que dans l'attente de son rendez-vous de la nuit. C'est à peine si elle vit Modeste s'approcher d'elle; il paraissait déçu.

– Ainsi le second invité de Joachim Lodaüs est une pauvresse, dit-il. J'espérais qu'elle me rappellerait quelque chose. Tout à l'heure, j'ai eu comme un éclair; et puis non, rien. Je ne sais ce qui m'a pris.

– Vous ignorez toujours qui vous êtes réellement, Modeste?

– Toujours, et je n'ai pas davantage d'idée pour l'Oiseau ou cette pauvre femme. Parfois une illumination me traverse l'esprit : par exemple, j'ai su que vous aviez raison de baptiser cet homme l'Oiseau. D'où me vient cette certitude et quelle connaissance recouvre-t-elle, voilà ce que j'ignore. C'est déprimant.

– Et vous n'êtes pas plus renseigné sur le châtelain et son chat?

– Oh! lui, je sais très bien qui il est, le livre que j'ai trouvé dans sa bibliothèque est très explicite à son sujet, vous allez voir. Quant au chat, ce peut être quelque démon inférieur que Lodaüs aura asservi ou, plus probablement, un des Maîtres-Chats des Hautes Terres du Rêve qu'il aura réussi à faire passer dans le monde de l'Eveil.

– Vous deviez être une sorte de mage comme lui pour savoir toutes ces choses!

– C'est possible. Pour en revenir à Lodaüs c'est, ou du moins ce fut, un homme. Il est né ici même à la fin de l'année 1295, son père était astrologue et alchimiste. Très tôt, il a instruit son fils dans ces deux sciences et celui-ci est bientôt devenu un Maître. Joachim Lodaüs s'est alors intéressé à d'autres disciplines occultes, la sorcellerie, la nécromancie et la magie noire. Il semble avoir, dès cette époque, trouvé une voie d'accès à l'univers onirique et en avoir largement profité pour échapper aux persécutions.

– Mais comment pourrait-il être encore vivant? D'après ce que vous me dites il serait né il y a près de sept cents ans, c'est tout à fait impossible!

– La Bible parle d'hommes qui ont vécu bien plus âgés. Lodaüs doit avoir trouvé un moyen de prolonger son existence, élixir de longue vie, transfert d'esprit, régénération cellulaire, que sais-je? L'homme a toujours été en quête de l'immortalité, ce n'est pas nouveau. Que nous veut celui-là?

Cette dernière réflexion était provoquée par Aï-d'Moloch qui s'approchait d'eux. Le chat les ignora et marcha lentement jusqu'à l'Oiseau. Après l'avoir dépassé, il se retourna d'un bond et lui cracha au visage tous poils hérissés. Le pauvre hère se rejeta en arrière et s'étala tout de son long en gémissant. Maria Biancchini sursauta et parut terrifiée. Le chat, avec une indifférence feinte, s'approcha d'elle puis, d'un bond léger, sauta sur ses genoux. Elle regarda l'animal avec horreur et leva la main pour le chasser. Aï-d'Moloch ouvrit un œil et la fixa : lentement, le bras de la femme retomba le long de son corps. Sandra s'approcha d'elle.

– Mieux vaut ne pas déranger cet animal, madame, dit-elle, il a l'habitude d'être traité à l'égal d'un être humain.

– A l'égal? Etes-vous sûre que le terme soit suffisant, mademoiselle?

Il n'y eut plus un mot d'échangé jusqu'au repas du soir.

Joachim Lodaüs présidait déjà la table lorsque ses hôtes arrivèrent dans la grand'salle. D'un geste de la main, il les invita à prendre place auprès de lui, Maria Biancchini et l'Oiseau à sa droite, Sandra, Modeste et Aï-d'Moloch à sa gauche. Tous s'assirent en silence.

– Mes chers amis, car il me plaît de vous appeler ainsi, commença le châtelain, mes chers amis, soyez les bienvenus. Ce toit est à votre disposition tant qu'il vous plaira d'y rester. J'espère que ce séjour vous sera agréable et j'espère aussi – et surtout – que cette table sera bientôt complète.

Sandra sentit nettement une menace voilée dans cette dernière phrase. L'atmosphère s'alourdit encore. Modeste avait perdu l'usage de ses facultés une fois de plus et il traversait une phase dépressive. Ce fut lui qui osa rompre le silence qui avait suivi les propos de Lodaüs.

– Les grillons des champs ne chantent pas ici...

Tous les regards convergèrent vers lui.

– Les grillons des champs chantent ailleurs...

Sa voix geignait et pleurnichait à tel point qu'il devenait pénible de l'entendre.

– Eh bien? demanda Lodaüs.

– Je suis comme le grillon et l'Oiseau et Maria, ici je ne puis chanter. Un jour, j'irai ailleurs...

– Vraiment, Modeste, et qu'y ferez-vous?

– Ailleurs...? (Sa voix traîna longuement.) Il n'y a pas d'ailleurs et c'est pourquoi je ne puis chanter. Il n'y a plus d'ailleurs.

Le châtelain se leva et alla prendre un livre sur un guéridon. Sandra ne l'y avait pas vu auparavant et supposa que Lodaüs l'avait apporté en prévision du dîner. Il revint s'asseoir à sa place.

– Je vais vous lire deux courts extraits de ce livre. Il s'agit du *Necronomicon,* œuvre de l'Arabe dément Abdul al-Azred; on l'appelle encore le *Livre Noir* :

Tout ce qui est apparu doit un jour disparaître,
Et, dans d'étranges circonstances, la mort même peut mourir.

« Voici le second extrait :

Il est plusieurs mondes,
Et ils sont dans celui-là,
L'au-delà de même et aussi
Temps, Dieux, Vie, Mort, Démons.
Tout cela ne compte pas réellement,
Car ce qui Est englobe tout cela.

Joachim Lodaüs posa son livre près de lui et parut se recueillir un instant avant de poursuivre.

« Les principes exprimés par ces vers du *Necronomicon* sont depuis toujours les guides de mon existence. Par la suite, mes recherches ont eu un double but : lutter contre la mort et combattre les forces matérielles et spirituelles qui peuvent m'entraver. Dieux, démons créateurs ou destructeurs peuvent paraître tout-puissants, éternels, infinis, mais en fait, ils ne sont que les parties constituantes de ce circuit fermé qu'est l'univers. Comme tout ce qui existe, ils sont étroitement assujettis aux cadres constitués par l'interdépendance de la matière et de l'énergie, pour ne pas parler du temps.

« D'aucuns cherchent à s'élever au rang de ces entités, soit par l'évocation des diables, soit en communiant avec la divinité par l'état de grâce. Asservissez un démon, et vous n'obtiendrez qu'un peu de puissance matérielle, puissance qui est utile à l'occasion, je le reconnais, mais qui ne représente rien en elle-même. Unissez-vous par la grâce à un dieu inférieur, celui des Juifs, des Chrétiens ou même Brahmâ, et vous ne ferez que quitter vos limites pour d'autres à peine supérieures. N'oubliez pas que ces divinités sont avant tout des créations de l'imagination humaine dont les attributs représentent seulement la sublimation des aspirations de l'homme. « Dieu est l'être tel qu'on n'en saurait imaginer de plus parfait », comme enseignaient les Pères de l'Eglise. Petits dieux, donc, mesquins et sans grand pouvoir.

« Même si l'on prend le cas d'un des dieux supérieurs de l'univers, par exemple l'Ultime Présence qui s'exprime par la phrase : il est tel qu'on ne saurait imaginer la moindre de ses perfections. Eh bien, cet être reste limité, soumis à sa propre œuvre créatrice. En effet, en agissant, il s'est défini, et se définir c'est se limiter. L'homme qui parviendrait à entrer en communication avec ce dieu supérieur atteindrait certes un état d'immense puissance, d'immense béatitude, mais il connaîtrait les mêmes limitations que l'Ultime Présence.

« Son illusion serait même des plus dangereuses, car il considérerait cette étape comme une fin, tant il serait ébloui par sa propre grandeur, éternelle, infinie. On retrouve le même phénomène chez les saints, à quelque religion qu'ils appartiennent; leur sainteté les aveugle et les empêche de concevoir la possibilité de la dépasser. Le but est au-delà de ces existences imparfaites, au-delà des dieux, des démons et des hommes, au delà... »

Lorsque le châtelain se tut, Maria Bianchini dit sèchement :

– Sophisme que tout cela. Tout ce qui a été sera.

– Madame, ce qui n'eut d'autre existence qu'un reflet de vie, qu'une ombre de puissance, de cela que peut-il advenir?

– Ce qu'il adviendra de vous, Joachim Lodaüs, dans ce monde ou dans un autre.

Elle se leva de table et, suivie de l'Oiseau, gagna sa chambre. Aï-d'Moloch souriait.

LE CRACHAT DE LUNE

– Oh! Que c'est amusant! Tu as disparu quelques minutes et te voilà revenue! s'exclama Tiyii. Si tu avais pu voir la tête de Kyril, c'était à mourir de rire!

Tiyii était une brune mince, élancée, qui ne devait avoir guère plus de vingt ans. Sa taille était étonnamment fine, ce qui faisait ressortir le relief de ses hanches. Ses seins pouvaient soutenir la comparaison avec ceux d'une statue, à la fois volumineux et fermes. Sandra n'aurait pu dire qui, d'elle ou de la blonde Ho'sharry, était la plus belle.

– Viens t'asseoir près de moi, Rêveuse, reprit la jeune fille, je suis contente que tu sois revenue, cela me fait de la compagnie.

– Il y a longtemps que tu es là?

– Je ne sais pas exactement, Rêveuse, mais je m'ennuyais. Dis-moi, as-tu déjà été vendue?

– Doux Jésus, non! s'exclama Sandra. Cela ne se pratique plus dans le monde d'où je viens. Et toi, est-ce la première fois que tu es mise en vente?

– Oh! non, la quatrième. La première fois c'était il y a bien longtemps, j'ai...

– Il y a bien longtemps! Mais tu ne dois pas avoir plus de vingt ans?

– Si je compte les années à ta façon, Rêveuse, cela doit me faire dans les soixante-dix ans, à une dizaine d'années près. Ici, nous ne vieillissons pas au même rythme que dans le monde de l'Eveil; la vieillesse et la décrépitude nous arrivent d'un seul coup et précèdent de peu la mort. C'est pourquoi le temps ne joue qu'un rôle mineur dans notre mode de vie.

– Mais il vous faut bien en tenir compte pour donner des rendez-vous, dater des événements...

– Pas vraiment; nous n'avons ni soleil, ni lune, ni saisons pour servir de repères, aussi n'existe-t-il pas de système précis pour mesurer le temps. De plus, dans certaines régions du monde des Rêves, il ne s'écoule pas du tout, dans d'autres son rythme est variable.

– Comment sait-on alors qu'un événement aura lieu à telle ou telle date?

– Il n'y a pas de date, ainsi cette vente aux enchères a été annoncée hier seulement dans les rues de Samarcande. Une diminution de l'intensité de la lumière qui nous baigne marque les périodes de sommeil. Dans certaines régions, le noir complet crée l'illusion de votre nuit, dans d'autres une luminescence rose ou violette subsiste. C'est cette baisse de lumière qui marque le passage d'un jour à l'autre. La notion d'heure nous est également connue grâce aux clepsydres dont un Rêveur nous a enseigné le principe, il y a bien longtemps. Au-delà, il vaut mieux ne pas s'engager.

– C'est incroyable, murmura Sandra, je me demande quel peut bien être l'âge de Tsian-Cheng?

– Plus de trois cents de tes années. Je le connais, il fut mon premier maître. J'avais environ dix-sept ans à l'époque et j'étais vierge; j'ai été mise en vente ici même et les enchères sont montées jusqu'à 250 mesures d'or, ce qui ne s'était jamais vu. Ensuite, je suis restée sa favorite pendant près de trois ans, puis il s'est lassé de moi et m'a replacée au milieu des autres femmes dans son harem.

– Attends, il y a quelque chose que je ne comprends pas, tu parles d'années, or, tu viens de me dire que vous ne mesuriez pas le temps.

– Tu as raison, il s'agit seulement d'une estimation. Il existe une seule espèce d'arbre à feuilles non persistantes dans notre monde, le ginkgo. Entre deux chutes de feuilles, nous estimons qu'une année s'est écoulée, ce sont des Rêveurs qui nous l'ont appris.

– Je comprends, Tiyii, excuse-moi de t'avoir interrompue, c'est la première fois qu'on me donne quelque explication sur ce monde fantastique. Continue, je t'en prie.

– Un jour, après bien des années, Tsian-Cheng m'a vendue à un autre Seigneur. J'ai à nouveau eu rang de favorite jusqu'au jour où il est mort, dévoré par un dragon, à la limite du Pays Mauve. C'est drôle, cet homme que j'ai si souvent accueilli dans mon ventre, c'est à peine si je me souviens de lui. A sa mort tous ses esclaves ont été vendus aux seigneurs du voisinage et c'est ainsi que je suis arrivée chez mon maître actuel. Récemment il a perdu une grosse somme au jeu et voilà pourquoi je me retrouve ici.

– Dans notre monde, il n'existe plus de marchés d'esclaves; je suis terrifiée.

– Il ne faut pas, ici tout est correct, on est exposée nue mais les acheteurs n'ont pas le droit de toucher. Il y a certains petits marchés où les esclaves sont attachées par les poignets tout autour d'une enceinte ronde et les acheteurs viennent les tripatouiller. Une fille que j'ai connue m'a raconté avoir été violée deux fois avant la vente! C'est après que les choses risquent de se gâter, tout dépend qui nous achètera.

– Je suppose qu'il existe des bons et des mauvais maîtres, soupira Sandra.

– Hélas non! Tous sont mauvais, certains pires. Ici, les hommes sont cruels, pervers. Naturellement, les histoires qui courent parmi les esclaves ne s'attachent qu'à leurs plus mauvais côtés. Mon second maître n'était pas méchant, mais quel vieux cochon! Dis-moi, Rêveuse, qu'est-ce qui t'attire ici?

– Tsian-Cheng d'abord, la curiosité ensuite, et puis ma vie n'était pas tellement drôle.

– Crois-tu qu'être esclave le soit davantage?

– Non, bien sûr, mais... ne pouvez-vous vous enfuir?

– Quelques-uns le tentent s'ils sont vraiment poussés à bout, mais chaque esclave fugitif arrêté est soumis au supplice du pal. C'est la sanction unique et obligatoire. Crois-moi, lorsqu'on a assisté à quelques exécutions publiques on n'a plus tellement envie de fuir!

La porte de la cellule s'ouvrit alors et un garde leur fit signe de le suivre. Elles montèrent par un petit escalier jusqu'à un couloir qui les menait à l'estrade où se déroulait la vente. Leur gardien les fit attendre derrière un rideau rouge tandis que se déroulaient les enchères pour un jeune homme à la peau brune.

– Un natif du Nord, souffla Tiyii.

Sandra s'approcha de son oreille et lui demanda à voix très basse :

– Au fait, que sont les Jeux après la vente?

– Une abominable boucherie au cours de laquelle tous les esclaves qui n'ont pas trouvé preneurs sont torturés puis massacrés.

Un geste menaçant du garde les fit taire.

– C'est à nous, souffla encore Tiyii, entendant que le garçon venait d'être acheté.

Le rideau rouge derrière lequel elles se tenaient fut écarté par Koruman, le commissaire-priseur. Il fit avancer sur l'estrade les deux femmes toujours enveloppées dans leurs capes blanches, puis il prit son porte-voix. Sandra était fascinée par l'assistance. De nombreux princes étaient venus en palanquins portés par quatre esclaves et assistaient aux enchères, mollement étendus sur des coussins. D'autres hommes, moins richement vêtus, devaient être les intendants de seigneurs qui n'avaient pas voulu se déplacer. Enfin l'assistance était complétée par de nombreux badauds des deux sexes, ce qui ne manqua pas de surprendre la jeune femme.

– Et maintenant, nobles seigneurs, voici la perle de cette vente, je veux parler de la ravissante Tiyii que vous attendez tous. (Un *ah!* de satisfaction monta de la foule des curieux.) C'est la seconde fois seulement qu'elle est ainsi offerte à vos enchères et, ce soir, l'un d'entre vous fera bien des envieux. Sa mise à prix sera de 50 mesures d'or, ce qui est un prix ridicule puisque la première fois elle a atteint le prix record de 250 mesures. Mais je vous laisse admirer la beauté parfaite de son corps.

Ce disant il fit avancer Tiyii, retirant sa cape d'un geste preste. Un *oh!* d'admiration monta de la foule, puis quelques assistants hurlèrent des propos salaces. Tiyii avança jusqu'au bord de l'estrade puis tourna sur elle-même pour montrer son dos avant de revenir se placer à côté de Koruman. Celui-ci avait profité de l'intermède pour se rapprocher de Sandra et lui demander :

– Indique-moi ton nom et ton âge terrestre, Rêveuse.

– Sandra Fennini, trente ans, répondit-elle.

– La belle Tiyii que vous venez d'admirer, reprit-il, est liée par une longue amitié à une Rêveuse qui a tenu à l'accompagner auprès de son nouveau maître. Voici Sandra, elle a vingt-six années terrestres et, comme vous allez pouvoir en juger, un corps fait pour combler les hommes les plus exigeants.

Il dénuda la jeune femme et la poussa vers le devant de l'estrade. Sandra, à demi paralysée par la peur, manqua tomber et son faux pas fit rire l'assistance. Quelques quolibets fusèrent. Elle parvint cependant à effectuer un demi-tour comme elle l'avait vu faire à Tiyii et revint près du commissaire-priseur.

– Cette femme est une Rêveuse, je vous l'ai dit, ici nous ne trompons pas sur la qualité de la marchandise, aussi la mise à prix sera-t-elle très faible, 10 mesures d'or.

Il marqua une pause.

– Entendons-nous bien, ces deux femmes sont vendues en lot indissociable, soit 60 mesures d'or, ce qui est véritablement donné. Le gong va maintenant résonner, je déclare les enchères ouvertes.

Un esclave placé en contrebas de l'estrade frappa un gong circulaire. Aussitôt les seigneurs, jusque-là si passifs, sortirent de leur indifférence.

– 70 mesures pour le prince de Néga et, en prime, il te laisse la Rêveuse pour les Jeux.

– 75 mesures d'or pour Haut K'omir et tu peux garder l'autre comme pourboire.

– 80 mesures d'or pour Schéraz, la Princesse Pourpre, qui accepte les deux femelles.

Tiyii s'était rapprochée de Sandra et chuchota :

– Espérons qu'on va renchérir, cette Shéraz est renommée pour sa cruauté. Dans son château, il existe une tour qu'on a surnommée le Donjon aux Sept Tortures : tous ceux qui y ont pénétré sont morts d'horrible façon. On dit qu'elle passe ses journées à contempler leur agonie.

– 100 mesures d'or pour le prince Télan-Dpur, régent de la vallée de l'Aï-Dpur, qui prend les deux femmes.

Il y eut un silence parmi la foule, les enchères attendaient leur second souffle. Tiyii paraissait ravie, elle souffla encore à sa camarade :

– Télan est une exception, il est réputé pour sa

beauté et sa douceur, et il est très riche, c'est une chance pour...

Un coup d'œil de Koruman la fit taire. Il reprit la parole :

– Une offre de 100 mesures d'or a été faite par le noble prince de l'Aï-Dpur. Tiyii à elle seule vaut cette somme, qui renchérit?

– 105 mesures d'or pour Schéraz, la Princesse Pourpre.

– 125 mesures pour le prince Télan-Dpur.

A cette annonce un murmure parcourut la foule, il était évident que le prince voulait ces femmes et les aurait. Tous les autres acheteurs raisonnèrent ainsi et abandonnèrent. Koruman tenta vainement de leur redonner courage puis renonça à son tour.

Il déclara le lot adjugé au prince Télan et le gong retentit. L'intendant du prince vint déposer la somme aux pieds de Koruman qui, après avoir vérifié, fit signe aux deux femmes de revêtir leurs capes blanches et de suivre leur nouveau maître. Télan était rentré dans son palanquin, aussi ne le virent-elles pas de près et se contentèrent-elles de le suivre à distance en compagnie de l'intendant. Le cortège regagna le palais que le prince possédait à Samarcande; là, deux vieilles matrones habillèrent Tiyii et Sandra de tuniques de soie brodées de fils d'or. Le monogramme de Télan figurait, discret, au bas de chaque vêtement. Tiyii en profita pour interroger l'une des femmes.

– Est-ce que Thyrsée s'est réconciliée avec le prince? demanda-t-elle.

– Hélas! La pauvre petite a toujours rang de reine mais le prince n'honore plus sa couche; il la hait depuis la mort du démon Mylène. C'est toi qui vas la remplacer auprès de lui maintenant...

Le retour de l'intendant mit fin aux confidences de la vieille.

– Venez, dit-il, le prince vous attend.

Télan paraissait jeune, son visage exprimait la douceur et l'irrésolution. On le sentait accessible. Il était vêtu d'un costume de soie grise relevé seulement par une ceinture de fils tressés. Il fit signe aux deux femmes d'approcher.

– Soyez les bienvenues dans ma maisonnée, j'espère que vous vous y plairez. J'avais déjà admiré autrefois ta beauté, Tiyii, mais Tsian-Cheng l'avait emporté sur moi. Quant à toi, Rêveuse, je forme le vœu que tu voudras bien quitter parfois le monde de l'Eveil pour séjourner avec nous dans l'Aï-Dpur.

Sans répondre, Tiyii fit une sorte de révérence que Sandra imita tant bien que mal.

– Nous allons embarquer immédiatement sur ma trirème et descendre le cours de la Rhia vers les Terres Rouges. Je n'ai qu'une cabine de libre pour vous deux, mais Tiyii partagera ma couche et toi, Rêveuse, tu pourras occuper son lit.

Il frappa dans ses mains et l'intendant s'approcha, faisant signe aux deux femmes de le suivre; l'entretien était terminé. Elles rejoignirent le reste de la maisonnée, et tout le monde quitta bientôt le palais pour gagner l'embarcadère. Une grande trirème bleue les y attendait, elle paraissait neuve tant les parties en bronze qui protégeaient sa poupe et son bordage brillaient. Dans ses flancs s'ouvraient les trois rangées de lucarnes par où passaient les rames; Sandra nota l'absence du mât; d'ailleurs, elle n'avait pas encore aperçu un seul bateau à voiles dans toutes les Hautes Terres. Elle suivit Tiyii à bord et on leur indiqua une cabine joliment arrangée, mais visiblement destinée à une seule personne. La jeune femme s'assit sur un tabouret tandis que sa compagne s'étendait sur la couchette.

– Tu parais contente, Tiyii, tu n'as pourtant fait que changer de maître.

– Tu ne connais pas notre monde, Rêveuse, et tu n'as aucune idée de la cruauté de certains seigneurs. Télan est le seul prince renommé pour sa douceur et sa bonté dans toutes les Hautes Terres. Et puis il est beau, ce qui n'est pas négligeable pour un homme avec lequel on fera l'amour toutes les nuits. La seule chose que je redoute est la jalousie de Thyrsée.

– Tu vas prendre sa place.

– Oh non! Ce n'est pas une esclave, elle a rang de reine bien qu'il ne l'ait pas épousée. C'est une histoire très compliquée qui a fait le tour des harems, c'est devenu presque une légende. Télan et Thyrsée s'aimaient au point qu'il l'avait affranchie et lui avait promis d'en faire sa reine. Thyrsée était née au palais du prince et il l'avait toujours connue. Un jour un homme de ton monde, mais pas un Rêveur, un homme venu avec son corps physique, est arrivé au château de Télan; il était accompagné d'un démon au corps de femme, Mylène, dont le prince est tombé éperdument amoureux. Poussé par Thyrsée, l'homme du monde de l'Eveil, Didier, a tué Mylène avant de quitter la vallée de l'Aï-Dpur. Télan ne s'en est jamais consolé, il n'a pas retiré ses prérogatives royales à Thyrsée, mais il ne la touche plus.

Tiyii fut interrompue par le départ de la trirème qui s'envola sous les coups de la triple rangée d'avirons.

– Viens, montons sur le pont voir le départ.

Le spectacle de Samarcande s'éloignant dans le lointain valait effectivement la peine d'être vu. La ville paraissait hérissée d'une forêt de minarets multicolores que de nombreuses passerelles graciles joignaient les uns aux autres. Chaque passerelle était généralement recouverte d'une végétation fleurie qui transformait cette partie de la cité en un immense jardin suspendu. Sandra n'avait jamais rien vu d'aussi beau de toute sa vie.

Les rives de la Rhia n'étaient pas moins agréables à regarder avec leur végétation exubérante, bien différente de ce qu'avait connu Sandra jusqu'alors. Elle en fit la remarque à son amie qui lui répondit que la vallée de Samarcande était exceptionnellement fertile. Effectivement, au bout d'une heure de voyage environ, la végétation se raréfia et les thuyas desséchés refirent leur apparition. Une heure plus tard encore, la limite des Terres Rouges fut atteinte et la région devint presque désertique. Seuls les rochers éboulés s'étendaient à perte de vue sur l'argile écarlate.

– C'est étonnant, nous n'avons vu aucun village, dit Sandra à sa compagne.

– Ils sont dissimulés à l'intérieur des terres pour échapper aux raids des marchands d'esclaves dont les bateaux remontent le fleuve.

– C'est ainsi que tu as été capturée à dix-sept ans?

– Oui, au cours d'une fête villageoise. Nos guetteurs ont été égorgés par les hommes de main de Kyril qui est le véritable patron du marché de Samarcande. Ils nous sont tombés dessus à l'improviste, aucune résistance n'a été possible. Tous les gens âgés ont été massacrés sur-le-champ, parmi eux mes parents. Mais tout cela est si vieux que je ne me souviens plus d'eux. Cela doit te sembler étrange?

– Oui, chez nous c'est inimaginable.

– J'aimerais néanmoins revoir ce village au moins une fois dans ma vie; il est triste d'avoir perdu tous ses souvenirs d'enfance.

Deux heures plus tard, la trirème accosta dans une anse naturelle du fleuve. Des hommes en armes portant l'emblème de l'Aï-Dpur l'attendaient, gardant un important groupe de mulets. Tout le monde débarqua, hommes, femmes et marchandises trouvèrent place sur le dos des quadrupèdes, et la lente ascension du mont Phlegn commença. Sandra, qui utilisait pour la première fois ce mode de locomotion, avait très peur de tomber et s'accrochait désespérément au cou du pauvre animal. Au sommet du mont, un col leur découvrit la vallée de l'Aï-Dpur, oasis de fertilité parmi un environnement désertique. La caravane descendit jusqu'à la petite rivière qui donnait son nom au vallon; là, des bateaux à fond plat attendaient l'arrivée du prince. Peu de temps après, les quatre donjons du château de Télan étaient en vue, dominant les toits d'une petite ville qui s'étirait le long de la rivière.

A nouveau conduites par l'intendant, Tiyii et Sandra se virent affecter deux chambres aux fenêtres sans barreaux dont la vue donnait sur le parc du château. Elles n'eurent guère le temps de l'admirer car un serviteur vint les chercher pour les présenter à Thyrsée.

Celle-ci les accueillit dans son gynécée, revêtue d'une tunique de soie blanche sans le moindre ornement. Ses longs cheveux noirs dénoués lui tombaient librement sur les épaules. Sandra la trouva aussi belle que Tiyii, avec plus d'élégance naturelle mais moins de spontanéité. Thyrsée avait rang de reine et le savait.

– Ainsi, voici la dernière acquisition de Télan! Combien t'a-t-il achetée, esclave?

– 125 mesures d'or pour les deux, Dame.

– La Rêveuse ne vaut rien et toi tu ne vaux pas cette somme, mais les hommes savent se contenter de peu. Vous pouvez vous retirer.

L'OISON D'HERMOGÈNE

Le petit déjeuner touchait à sa fin lorsque Lodaüs parut. Il semblait amusé.

– Mes amis, dit-il, les temps sont venus; ce soir nous donnerons un festin en l'honneur de celui qui n'est pas encore parmi nous. Je suis désormais sûr qu'il viendra nous rejoindre.

« Madame Fennini, ajouta-t-il en se tournant plus précisément vers Sandra, vous m'avez fait part de l'intérêt que l'abbé Laffite et votre ami Paul Cazaubon portaient à mes travaux, peut-être accepteront-ils de se joindre à nous.

Un léger sourire étira les lèvres minces du châtelain.

– Je pense que la rencontre de l'abbé et de notre nouvel hôte pourra être... intéressante. Voulez-vous aller leur porter cette invitation, je le crains, bien tardive?

– Certainement, monsieur, répondit Sandra, très surprise. Modeste doit-il m'accompagner?

– Nullement, nous lui tiendrons compagnie, Aï-d'Moloch et moi-même.

« Décidément, se dit la jeune femme, ce Lodaüs est bien imprévisible! Enfin, Paul et l'abbé vont pouvoir réaliser le rêve de leur vie. »

Modeste parut triste de la voir partir et lui fit à plusieurs reprises promettre de revenir. Il traversait une phase dépressive et pleura lorsque Sandra lui dit au revoir en montant dans sa 2CV.

Elle trouva le pharmacien occupé à effectuer un semis de salade et lui fit part de l'invitation de Lodaüs. Surpris, il soupçonna un instant son ancienne infirmière de vouloir le « faire marcher ». Elle lui proposa de l'accompagner au presbytère, afin de transmettre la même proposition à l'abbé Laffite, et il y consentit, après avoir cependant pris le temps d'achever son semis. Le prêtre fut tout aussi stupéfait, mais réagit plus rapidement.

– Nous irons certainement, c'est là une occasion à ne pas manquer. Par ailleurs, puisque Lodaüs vous a remis le marteau de géologue de Didier Chaptal, cela nous donnera un prétexte pour lui demander s'il sait quelque chose de sa disparition.

– A dire vrai..., commença Sandra un peu gênée et ne sachant par où commencer, je crois que je sais ce qu'il est devenu.

– Il vous l'a dit?

– Non, mon père, mais plusieurs personnes m'ont parlé de lui dans le monde des Rêves et...

Devant la stupeur et l'incompréhension qui se peignaient sur le visage du prêtre, Sandra s'arrêta. Elle finit par tout raconter depuis le commencement. Le pharmacien fut très intéressé, l'abbé Laffite terrifié.

– Tout cela est diabolique. Cet univers horrible dont vous me parlez n'a sûrement pas été voulu par Dieu, il doit s'agir de fantasmes créés dans votre esprit par la magie ou les ensorcellements.

– Je vous assure, mon père, qu'il ne s'agit pas d'hallucinations, tous ces gens que je rencontre sont réels et ont une vie propre, mais elle ne se déroule pas sur le même plan d'existence que la nôtre. Didier est passé dans ce monde, physiquement et non en rêve, m'a-t-on dit; voilà pourquoi on n'a jamais retrouvé trace de lui.

– C'est évidemment une explication séduisante, reconnut le pharmacien. Un monde parallèle au nôtre! Un monde dont le domaine de R. serait une des voies d'accès, voilà qui expliquerait bien des choses, en particulier les longues absences du châtelain dont on ne remarque pourtant jamais les allées et venues. Intéressant.

– Vous n'y pensez pas, Paul, ce monde où la loi du Seigneur est ignorée serait une création des forces du mal, nous retombons dans l'hérésie manichéenne!

– Oh moi, les hérésies!... Ecoutez, mon petit, dit-il à Sandra, dites toujours à Lodaüs que nous acceptons son invitation. Pour moi une poularde au riz, qu'elle ait été créée par Dieu ou par le Diable, n'en reste pas moins une poularde au riz. Mais rien n'interdit à l'abbé de l'exorciser avant de la consommer.

Marc Laffite ne put s'empêcher de rire de la boutade de son ami.

– C'est entendu, Sandra, nous viendrons.

De retour à R. la jeune femme trouva que la journée passait avec une lenteur désespérante. Le châtelain et son familier avaient disparu, l'Oiseau hululait à intervalles réguliers, Maria Biancchini tricotait, Modeste paraissait être en meilleure forme que le matin. Il s'enquit auprès de Sandra de l'identité des visiteurs qu'elle était allée inviter et manifesta son approbation en apprenant qu'il s'agissait du prêtre du village.

– Etes-vous chrétien, Modeste? demanda Sandra plus pour dire quelque chose que par curiosité réelle.

– Chrétien, qu'est-ce que cela signifie, jolie dame?

– C'est le nom qu'on donne aux adeptes de notre

religion, le mot vient de Jésus-Christ, le nom du fils de Dieu.

Modeste parut réfléchir intensément.

– Existe-t-il un livre d'histoire parlant de ce personnage?

– Les quatre Evangiles de la Bible racontent sa vie; ils furent écrits par les apôtres qui le suivaient, Luc, Jean, Marc et Matthieu.

– Mais ce Luc n'était pas... non, rien. J'aimerais lire ces Evangiles.

– Je doute fort que ce genre d'ouvrages se rencontre dans la bibliothèque de notre hôte, mais je ne serais pas surprise que nous en trouvions un exemplaire dans la voiture de l'abbé Laffite. Il sera ravi de vous le prêter.

– Demandez-lui, s'il vous plaît, Sandra, c'est important pour moi. Cela dit, pour répondre à votre question initiale, non, je ne suis pas chrétien, je me souviens maintenant avoir été élevé dans la religion juive.

A 19 heures 30, l'auto de l'abbé Laffite vint se garer devant le manoir. Sandra, qui le guettait, vint accueillir le prêtre et Paul Cazaubon. Elle leur présenta son malade, et Maria Biancchini, puis désigna l'Oiseau du doigt.

– Je ne vous le présente pas, c'est un simple d'esprit que nous appelons l'Oiseau. Ah! voici l'un de vos hôtes, ajouta-t-elle apercevant Aï-d'Moloch qui apparaissait à la porte de la grand'salle.

– Un chat? Vous voulez rire, Sandra!

– Détrompez-vous, monsieur Paul, cet être est une créature intelligente. Vous allez voir.

Elle s'approcha de l'animal et l'interrogea devant le pharmacien et l'abbé à la fois stupéfaits et gênés.

– Pouvons-nous voir le châtelain, Aï-d'Moloch? Ses invités sont arrivés.

Le chat inclina la tête.

– Où est-il?

L'animal leva la patte droite et la pointa vers le sol.

– Dessous? interrogea Sandra. Oh! au laboratoire, mais nous ne pouvons l'y déranger?

Le chat fit de nouveau un signe affirmatif et rentra dans la grand'salle. Sandra invita ses deux amis à le suivre et Modeste leur emboîta le pas. Ils traversèrent la pièce et suivirent Aï-d'Moloch dans l'escalier en colimaçon qui menait au laboratoire. Le chat poussa la porte; Lodaüs était installé à sa table de travail, il paraissait méditer.

– Excusez-nous, monsieur, mais Aï-d'Moloch nous a conduits jusqu'ici... Voici Paul Cazaubon et l'abbé Laffite. Vous... vous les aviez invités...

Lodaüs consentit enfin à regarder les arrivants, ou plutôt à regarder à travers eux. Sans les saluer il se leva, s'approcha d'une sphère de cristal qui reposait sur un guéridon près du grand zodiaque mural et dit, sans s'adresser à quelqu'un en particulier :

– Il viendra, je le sais, regardez, il est déjà en route.

La main du châtelain passa au-dessus de la sphère qui s'obscurcit; lorsqu'elle redevint transparente, on distingua un homme qui marchait sur un chemin de campagne. Pour autant qu'on en pouvait juger en observant le paysage, il paraissait être un véritable géant. Ses cheveux blancs et sa barbe lui donnaient l'allure d'un patriarche biblique, son visage exprimait la résolution et la colère; il donnait l'impression d'être une force de la nature capable de tout balayer sur son passage.

L'image s'obscurcit dans la boule et le châtelain consentit à se tourner vers ses visiteurs qui avaient regardé la scène avec stupeur.

– Veuillez m'excuser, nous allons remonter dans la grand'salle.

– C'est un laboratoire d'alchimie? ne put s'empêcher de demander le pharmacien que la curiosité tenaillait.

– Vous voyez l'athanor au fond, monsieur Cazaubon, il est conforme au fourneau philosophique de la tradition. Je vous renvoie à l'œuvre définitive de Glauber sur la question. Mais nous serons mieux pour parler de ces choses à l'étage supérieur. Veuillez me suivre, s'il vous plaît.

L'abbé Laffite s'était approché de la bibliothèque et ne put retenir un tressaillement en parcourant les titres qui la composaient. En se retournant, il aperçut Modeste qui lisait par-dessus son épaule. Celui-ci murmura à son oreille :

– Quel bel autodafé cela ferait, monsieur l'abbé.

Marc Laffite acquiesça d'un signe de tête puis rejoignit son ami Paul qui suivait le châtelain dans l'escalier remontant dans la grand'salle. Il paraissait de plus en plus préoccupé et laissa le pharmacien faire les frais de la conversation. Lodaüs leur avait indiqué leurs places à table, laissant un siège inoccupé en face du sien. A sa gauche il avait placé Sandra, entre Paul Cazaubon et l'abbé Laffite, à sa droite Maria Bianchini, entre Modeste et l'Oiseau. A la suite de ce dernier le couvert d'Aï-d'Moloch avait été installé. Comme à l'ordinaire tous les plats étaient disposés à l'avance sur la table, ce qui éliminait la nécessité d'une domesticité.

Marc Laffite ne s'était pas encore assis, il paraissait hésiter sur la conduite à tenir; finalement, regardant Lodaüs droit dans les yeux, il demanda :

– Puis-je réciter le *Benedicite*?

– Je vous en prie, monsieur l'abbé.

Habituellement, lorsque le prêtre dînait en société,

il se contentait de se recueillir quelques secondes et d'esquisser un signe de croix discret. Le malaise qu'il ressentait depuis son entrée sur les terres du domaine de R. l'avait poussé à modifier ses habitudes. Ses paroles résonnèrent dans le silence que seul vint interrompre le ricanement de l'Oiseau. A la fin de la prière, l'abbé et les deux femmes se signèrent.

Joachim Lodaüs ne paraissant pas résolu à engager la conversation, Paul Cazaubon se résigna à interroger le châtelain.

– Je dois avouer avoir été assez surpris d'apprendre que le manoir était occupé actuellement. Il semblait désert depuis une quinzaine d'années.

– J'ai voyagé, répondit évasivement le châtelain, l'Asie, les Indes... Je me suis toujours intéressé à l'étude des religions et ce dernier pays est passionnant de ce point de vue.

– La religion tient une grande place dans la vie des Indiens, d'après ce que je crois savoir.

– La caste des Brahmanes est encore puissante et les rites sont les mêmes qu'il y a trois mille ans, mais la réalité est bien différente des apparences extérieures.

– Voulez-vous dire que la foi se perd là-bas aussi? ne put se retenir de questionner l'abbé. Je me demande quel accueil y rencontrent nos missionnaires, ajouta-t-il.

– Il ne saurait être question de foi, j'en ai peur, monsieur l'abbé. Les langues indiennes ignorent ce mot et le concept même leur est incompréhensible. Quant à vos missionnaires je crains que leur influence ne soit pratiquement nulle. Les dieux indiens sont innombrables, ce sont des êtres soumis eux-mêmes à l'apparition et à la mort. Yahvé, ou Jéhovah, tout comme Allah, peut fort bien cohabiter avec eux sans pour cela être considéré comme créateur unique. La façon d'appréhender la notion de divinité est totalement différente de la nôtre.

– Est-il vrai, monsieur, que certaines pratiques barbares sont encore en honneur? demanda Sandra qui se souvenait d'un article qu'elle avait lu sur le sujet.

– Je suppose, madame Fennini, que vous faites allusion au culte de Kâlî ou au sacrifice des veuves? En fait, bien que le gouvernement ait interdit leurs activités, les Thugs, dans quelques régions reculées, continuent d'étrangler pour participer à l'œuvre de destruction de la nature, symbolisée par Kâlî. Quant aux veuves, aujourd'hui encore, les autorités sont impuissantes à empêcher certaines d'entre elles de se faire brûler vives sur le bûcher de leur mari.

– Quelle horreur! murmura la jeune femme.

– C'est horrible en effet, intervint l'abbé Laffite, et en plus un péché contre Dieu et contre la nature humaine. Une religion qui enseigne de telles pratiques à ses fidèles est dévoyée.

– Toujours votre « péché », l'abbé, ne put s'empêcher de maugréer Paul Cazaubon, il n'y a rien qui m'irrite plus dans votre religion! Pour moi, un pécheur, cela n'existe pas.

L'abbé Laffite s'indigna :

– Ce que vous dites n'est pas sérieux! Toutes les morales connaissent la notion de péché : elle intervient chaque fois qu'il y a manquement à un impératif, quel que soit le nom qu'on lui donne.

– Je suis très sérieux, l'abbé, et vous avez tort d'évoquer les autres morales. Il s'agit de religion et non de morale. Or, il n'a jamais existé un autre système en dehors du judéo-chrétien expliquant l'origine de l'humanité par un péché originel que toutes les générations futures doivent expier. Quel raffinement dans la vengeance d'un Dieu envers ses créatures, quelle cruauté!

– Allons, Paul, n'enfourchez pas votre dada, personne ne cherche à vous convaincre, essaya de plaider l'abbé pour faire tourner court la discussion.

– N'essayez pas de me faire taire, l'abbé, reprit le pharmacien, désormais lancé. N'êtes-vous pas écœuré de l'attrait du Dieu de la Bible pour le sang, par exemple. « Tu répandras le sang des victimes sur l'autel et brûleras leur graisse; ce sera un sacrifice consumé par le feu, d'une odeur agréable à l'Eternel », etc.; je pourrais citer dix passages du même genre. Considérons maintenant les religions juive et chrétienne en tant que phénomène historique. Jéhovah était au début le Dieu d'une seule des tribus juives et c'est seulement lorsqu'elle triompha des autres qu'il devint le Dieu suprême. Devint-il un plus grand Dieu pour cela? Non, car il avait gardé la mentalité primitive de cette tribu.

– Paul, vous affectez de confondre le Dieu des Juifs tel que l'a dépeint la Bible, et Notre-Père tel qu'il a été révélé à travers l'enseignement du Christ. Un enseignement qui, vous le savez bien, Paul, est tout amour.

– Je n'affecte rien, l'abbé, c'est le même Dieu et vous le savez bien. Quant à Jésus, il n'a pas toujours été très tolérant si l'on en croit les Evangiles. « Amenez ici mes ennemis qui n'ont pas voulu que je régnasse sur eux et tuez-les en ma présence »; c'est le Christ qui parle au chapitre XIX, verset 27, de l'Evangile selon saint Luc! Par ailleurs il n'a pas non plus été tendre à l'égard de sa mère, et un jour il se laissa aller à maudire un malheureux figuier coupable de ne pas porter des fruits hors saison.

– Excusez-moi, intervint Modeste, faisant sursauter à la fois le prêtre et le pharmacien, Luc n'était pas un compagnon du Christus, il ne l'a jamais connu et on ne peut se fier à ce qu'il a rapporté. Cette phrase que vous venez de citer, je crois pouvoir dire que Christus ne l'a jamais prononcée, de même cette ridicule histoire de figuier. Quant à sa mère, c'est une autre question : vous est-il jamais venu à l'esprit que Myriam pouvait ne pas être très intelligente?

L'abbé Laffite considéra Modeste avec surprise, se demandant s'il devait se réjouir de ce renfort inattendu ou, au contraire, le redouter. Lodaüs, lui, s'amusait beaucoup mais ne paraissait pas disposé à se mêler à la conversation. Paul Cazaubon eut un geste large de la main en direction de Modeste.

– Bon, je vous accorde que ses propos ont peut-être été déformés, reprit-il. Revenons-en à l'histoire du christianisme. On est bien forcé d'admettre que cette religion n'est qu'un assemblage d'éléments disparates. D'abord, il fallut faire coïncider le dieu des Juifs avec le Père Eternel chrétien, ce n'était pourtant pas la même pointure. Ensuite, le royaume de Dieu tardant à venir sur terre, il fallut bien le transporter au ciel et, pour ce faire, introduire le concept d'âme qui fut emprunté à la philosophie grecque. Puis les initiés des cérémonies païennes apportèrent les rites qui manquaient aux communautés chrétiennes primitives. Enfin les dogmes théologiques furent inventés de toutes pièces beaucoup plus tard. Dans les Evangiles, il n'y a pas trace de la Sainte Trinité, de la Rédemption, du culte de Marie, etc., sans parler de l'infaillibilité du pape!

– Ah! vous voici au pape, mon cher Paul, dit l'abbé en souriant, votre vieil anticléricalisme laïque va pouvoir se donner libre cours. Ne comptez pas sur moi pour vous suivre sur ce terrain, vous avez vos idées, moi les miennes et je ne vois pas l'utilité de les infliger aux autres personnes ici présentes. Nous devons les ennuyer.

– Ce que vous dites m'intéresse beaucoup, au contraire, déclara Modeste. Peut-être monsieur l'abbé acceptera-t-il de me prêter les quatre livres des Evangiles, j'aimerais les lire.

– Mais... certainement, répondit le prêtre, assez surpris par cette demande. J'ai un Missel dans ma voiture, je vous le remettrai avant de partir.

Trois coups du marteau de la porte retentirent. Malgré eux tous les convives de Lodaüs se turent. Lui-même se permit un léger sourire et fit signe à Aï-d'Moloch d'aller au-devant du visiteur. Pendant les quelques minutes qui suivirent, aucun mot ne fut échangé, puis des pas lourds, solennels, retentirent dans le couloir et l'homme qui était apparu dans la sphère de cristal survint dans l'ouverture de la porte.

– Permettez-moi de vous présenter Isidore Archèn, mes bons amis, dit le châtelain.

LA SATURNIE VÉGÉTALE

La stature du nouvel arrivant était réellement impressionnante. Il était vêtu comme un vagabond et pourtant une aura de puissance l'entourait, presque visible. Sans saluer, il examina une à une toutes les personnes présentes puis il considéra longuement Joachim Lodaüs. Enfin, d'une voix tonnante, il déclara :

– Sois maudit!

Il gagna alors lentement la place qui était restée libre à son intention.

– Nous aurons une conversation privée à la fin de ce repas si vous le voulez bien, Isidore, répliqua le châtelain d'un ton sévère. Nous parlions il y a un instant de sujets qui vous intéressent, en particulier de la notion de péché et de celle, concomitante, de rédemption.

– La rédemption est rare! tonna l'homme de sa voix formidable. Mieux vaut parler de Satan et des souffrances éternelles qui attendent les pécheurs.

Cette phrase fit bondir le pharmacien.

– Cela, je ne l'admettrai jamais. Les tourments infernaux, la passion du Christ, les sacrifices des martyrs, les mortifications, on retrouve toujours cette sublimation de la douleur que je trouve malsaine. L'aspiration fondamentale de l'homme est d'être heureux; or, vous le lui interdisez par la crainte du péché et du châtiment, par ce goût pervers de la souffrance. Votre religion est triste et contre nature.

– Elle est au contraire source de joie et de bonheur, répliqua l'abbé Laffite, non sans avoir jeté un coup d'œil inquiet du côté du vagabond. La souffrance fait revivre à l'homme la passion du Christ, elle le purifie, le sanctifie, ainsi le vrai croyant doit rendre grâce à Dieu des épreuves physiques ou morales qu'Il lui envoie. Dans ce qu'il subit comme dans ses actes, il doit louer le Seigneur.

– Les actes sont de peu de poids dans l'humilité de la créature face à son créateur, affirma le vagabond.

– J'ai peur de ne pas vous suivre, mon cher Isidore, dit Lodaüs qui se mêlait enfin à la conversation. Un lama de mes amis m'a raconté un jour comment les textes bouddhiques tibétains expliquent de façon imagée l'interdépendance de nos actes. Ils comparent nos pensées, nos paroles et, précisément nos actes, à autant de foyers émettant des étincelles. Les unes volent à travers l'espace et contribuent à entretenir le feu en d'autres foyers, certaines ne produisent que de pâles reflets aussitôt éteints. Quelques hommes sont capables de projeter des étincelles si puissantes qu'ils peuvent provoquer des embrasements effroyables. Vous voyez ce que je veux dire, n'est-ce pas, Isidore? Celui qui connaît les lois du mouvement...

– Inutile d'insister, Lodaüs!

La réplique du vagabond avait été vive et sèche.

– Prenons le cas de Satan, que vous citiez tout à l'heure, reprit le châtelain.

– N'osez pas prononcer ce nom, chétive créature! tonna Isidore Archèn. N'oubliez pas certaines tentatives humaines d'évoquer des esprits qui ont fort mal fini. L'homme ne doit pas essayer de changer l'ordre de l'univers, sa réussite ne serait qu'une illusion de courte durée et malheur à lui lorsque l'Etre qu'il a voulu asservir se venge!

L'abbé avait terriblement pâli au son de la voix du vagabond et Modeste le considérait avec une sorte de gêne. Sandra n'écoutait plus depuis longtemps et tentait, tout éveillée, de se replonger dans son existence onirique. Maria Biancchini mangeait en silence, totalement indifférente à ce qui se passait autour d'elle. L'Oiseau ponctua la fin des propos d'Isidore Archèn par un glapissement suraigu et Aï-d'Moloch dut allonger la griffe vers lui pour le faire taire.

– Dieux, hommes ou démons, reprit Lodaüs sans paraître s'émouvoir de la sortie du vagabond, tous sont soumis à l'apparition et à la destruction. Cinq cents ans avant notre ère, le jaïnisme, système indien fondé sur la connaissance et ignorant la foi et ses mystères puérils, professait des vues fort intéressantes. L'univers est une somme constante de matière et d'énergie en perpétuel mouvement; les êtres et les objets sont les modes et les attributs des substances, matière et énergie. Le jaïnisme écarte la notion de création *ex nibilo,* qui fait intervenir un commencement absolu au mouvement, obstacle auquel se sont toujours heurtées les différentes cosmogonies. Ce sont les modes qui sont soumis à l'apparition, à une relative persistance, puis à la disparition. Il n'y a que transformations sans commencement ni fin au sein des substances; au bout d'une durée inconcevable pour un cerveau humain, la matière devient énergie, puis l'énergie redevient matière et ainsi à l'infini.

Le vagabond eut un geste dédaigneux.

– Vous ne cherchez qu'à justifier votre propre puissance, Lodaüs. Vous vous imaginez qu'avec votre « connaissance », votre « volonté », vous pouvez disposer à votre gré de ce que vous appelez les modes. Votre aveuglement vous perdra.

Le châtelain ne répondit pas au vagabond mais s'adressa directement au pharmacien :

– Vous aviez raison, monsieur Cazaubon, de parler tout à l'heure du Dieu d'une seule tribu juive, élevé par hasard au rang de Dieu unique de tout un peuple. Chaque tribu, chaque peuple a un Dieu dont les attributs sont fonction du niveau culturel de la population. En fait, on a le Dieu qu'on est capable de concevoir. Selon l'état de la civilisation, on va de la notion la plus primitive, l'animisme, à la plus élevée, le panthéisme, en passant par les stades intermédiaires du polythéisme et du monothéisme. Mais ce ne sont là que des conceptions humaines, la réalité est tout autre. Vous niez, monsieur Cazaubon, l'existence des dieux et des démons; vous vous trompez. En tant que modes de la substance en mouvement, toutes les formes d'êtres sont possibles, mais de là à en croire certaines éternelles, quelle plaisanterie! Les dieux et les démons existent, oui, mais ils sont mortels, soumis au cycle immuable de l'apparition et de la disparition. Ceci répond aussi à votre objection à propos de la douleur, monsieur Cazaubon. La souffrance, pas plus que la béatitude, ne peut être éternelle, et toute damnation est limitée dans sa durée.

– C'est faux!

La voix d'Isidore tomba comme un couperet, tirant Sandra d'une transe onirique au cours de laquelle elle était devenue la favorite de Tsian-Cheng.

– Lorsqu'on est livré à Satan, c'est pour toujours.

– Allons, Isidore, repartit Lodaüs, laissons là ces sinistres fables. Les êtres-énergie ne durent qu'en fonction de la crédulité et de la peur dont les hommes ne savent se libérer. Un jour, plus personne n'a cru dans les dieux de l'Olympe et, peu à peu, ils ont perdu toute réalité.

Le pharmacien paraissait enchanté des idées développées par le châtelain.

– Ce que vous dites est passionnant, dit-il, et m'ouvre de nouveaux horizons. Rien ne s'oppose logiquement, en effet, à l'existence de ce que vous appelez des « êtres-énergie », capables de transformer la matière qui, elle, resterait une donnée.

– C'est cela, monsieur Cazaubon, reprit Lodaüs, de tels êtres existent et font jaillir de la matière des formes ordonnées selon des lois que l'homme ne peut même pas imaginer. Des démiurges artistes, en quelque sorte, créateurs au sens où nous entendons ce mot pour les peintres et les sculpteurs, mais sans plus, et leur œuvre peut être sublime ou tout simplement hideuse.

– Tout cela me semble parfaitement concevable, répondit le pharmacien, c'est du domaine du possible. En revanche, je ne saurais admettre la notion d'une divinité intervenant dans les affaires de l'homme pour exaucer ses prières ou pour punir ses péchés.

– C'est parce que vous êtes un homme équilibré et juste, Paul, intervint l'abbé Laffite. Tous les hommes ne sont pas comme vous, pour beaucoup la prière est un réconfort et la crainte du châtiment un frein nécessaire, mais croyez-moi, Paul, ce qui importe pardessus tout, c'est d'avoir la foi, elle seule peut guider et illuminer votre vie.

– La foi, commença de sa voix puissante Isidore Archèn, c'est la certitude que Dieu observe chacun de vos actes, chacune de vos pensées et qu'il les juge, prêt à proférer sa malédiction. Face à son créateur, l'homme doit être tout humilité et terreur. Aujourd'hui, la plupart des hommes ne sont que des damnés en survie, la foi se perd. Ceux qui fréquentent encore les églises sont bien souvent des moutons sans conviction venant y chercher l'aliment spirituel qui ne les nourrit pas. La foi est rare, même chez les prêtres qui, bien souvent, sont loin d'être de véritables serviteurs de Dieu!

L'abbé réagit aussitôt violemment :

– Que voulez-vous dire? Où voulez-vous en venir? La foi est en régression, peut-être, mais qui blâmez-vous? Précisément les fidèles qui vont à l'église et leurs prêtres! Or, ces chrétiens qui viennent s'agenouiller dans la maison de Dieu, il leur sera beaucoup pardonné, quelles que soient leurs imperfections.

– Et qui leur pardonnera? tonna le vagabond.

– Mais... Dieu, bien sûr...

– Dieu ne pardonne jamais, n'oublie jamais, je le sais. Il est le Châtiment.

L'abbé Laffite blêmit et, malgré lui, eut un mouvement de recul. Son voisin de table ne parut par le remarquer mais n'ajouta rien à son propos. Le prêtre fit un effort sur lui-même et reprit d'une voix un peu altérée :

– Vous vous trompez, mon frère, Dieu est amour, Dieu est pardon. Soyez sûr qu'il accorde Sa grâce aux pécheurs s'ils savent se repentir. L'effort qu'ils font pour venir implorer Notre-Seigneur, au cours de la Sainte Messe, parle en leur faveur. Quant aux prêtres, tout imparfaits qu'ils soient, s'ils ont aidé ne fût-ce qu'un seul pécheur à gagner le ciel, ils auront rempli dignement la tâche qui leur a été assignée.

– Vous êtes bien sûr de vous, prêtre! J'aimerais connaître votre conception de la foi.

– La foi est une évidence, mon frère, elle n'est pas du domaine de la démonstration, mais de celui du cœur, de l'intuition. Elle implique aussi l'amour et le détachement. L'amour doit accompagner chacun de nos actes, le détachement chacune de nos pensées. C'est lui qui permet de réaliser l'unité de la créature en Dieu; saint Paul l'enseignait en disant : « Je vis et ne vis pourtant pas. Le Christ vit en moi. »

– Vous n'avez rien compris, prêtre! rugit le vagabond en frappant du poing sur la table. Votre position rappelle celle des mystiques qui considéraient Dieu comme une essence sans forme et sans image. En leur temps, ils échappèrent de peu au bûcher. Ainsi vous n'êtes pas insensible à la tentation la plus grave de toutes : l'hérésie. Préconiser le détachement, c'est dénigrer l'œuvre de Dieu qui deviendrait méprisable. Vous pensez distinguer mieux que Lui ce qui est bon et ce qui est mauvais. Par ailleurs, croire possible l'union de l'homme avec son créateur est pur péché d'orgueil, rien n'est permis à l'homme sinon l'humilité, la crainte et la prière. Votre ami sera damné pour ne pas avoir cru et vous le serez pour votre fausse croyance. La malédiction...

– Encore! ne put s'empêcher de s'écrier l'abbé Laffite. Mais votre esprit n'est tourné que vers la négation, Isidore Archèn! Votre représentation du Seigneur est hideuse, à vous entendre on dirait qu'Il n'a créé le monde que pour contempler la lutte du bien et du mal, et maudire les pécheurs.

Le vagabond paraissait furieux d'avoir été interrompu :

– Abbé Laffite, lorsque vous prêchez, n'enseignez-vous pas que Dieu est juste? Et vous voudriez séparer la notion de justice de celle de châtiment! L'Eternel châtie de par sa nature même, hier comme aujourd'hui.

Le pharmacien ne put retenir son hilarité.

– Est-il possible qu'on prenne encore au sérieux les châtiments infernaux, sans parler de ce pauvre diable cornu occupé à faire griller les malheureux que l'Eternel a privés de sa grâce. Quelle dérision!

– C'est un symbole, Paul, vous le savez bien. La

véritable damnation est la privation de la contemplation de Dieu.

– Alors vous ne croyez pas à l'Enfer, abbé Laffite, reprit le vagabond. Peut-être doutez-vous même de l'existence réelle de Satan? Sachez qu'il fut le plus radieux des archanges, aucun autre ne l'égalait en splendeur; certes, il est maintenant déchu, mais il n'a pas été vaincu. Il a conservé ses attributs, ses pouvoirs et, à la tête de ses légions, il continue de lutter.

L'abbé Laffite faisait peine à voir; manifestement, la présence du vagabond l'oppressait et il s'épongeait furtivement le front malgré la fraîcheur de l'air nocturne.

– Mon Dieu que nous sommes faibles, mon Dieu ne m'abandonnez pas! murmura-t-il.

Puis il se leva et dit au pharmacien, un peu surpris de ce départ brusqué :

– Il est temps de partir je crois, Paul. Il nous faut regagner le village, vous comprenez, ajouta-t-il à l'adresse des autres convives.

– Je vous en prie, dit simplement Lodaüs.

– Je vous raccompagne à votre voiture, monsieur l'abbé, dit Sandra, ainsi Modeste pourra vous emprunter votre Missel avec votre permission.

Isidore Archèn et les autres invités ne saluèrent même pas le prêtre et le pharmacien. Une fois sorti du manoir, l'abbé Laffite parut recouvrer son calme; il tendit le Missel à Modeste, puis ajouta :

– Mes enfants, je suis mortellement inquiet, il se passe ici des choses inimaginables. Je ne sais quels rôles jouent cette pauvre femme et l'Oiseau mais, en revanche, je suis convaincu que ce vagabond n'est autre que Satan en personne que Lodaüs aura réussi à évoquer. Je vais prier afin que Dieu m'inspire ce que je dois faire; soyez sûrs que je ne vous abandonnerai pas.

Modeste soupira.

– J'ai peur que vous vous trompiez, monsieur l'abbé, Isidore Archèn n'est certainement pas le Diable...

– S'il n'est le Malin lui-même, c'est en tout cas quelque démon, soyez-en certain, reprit le prêtre. Prenez garde à vous.

Une fois le prêtre et Paul Cazaubon partis, Sandra ne put s'empêcher de frissonner.

– Je n'ai pas envie d'y retourner, Modeste, et vous?

– Moi, si, cet Isidore m'intéresse, mais votre présence n'est plus utile, jolie dame, allez faire de beaux rêves.

Surprise par cette expression, Sandra se demanda si lui aussi était au courant de sa vie onirique, puis elle chassa cette idée de son esprit, souhaita le bonsoir à son malade et monta dans sa chambre.

Sandra se retrouva sans transition dans la chambre de Thyrsée. Un certain temps avait dû s'écouler depuis qu'elle avait quitté le monde des Rêves puisque Tiyii n'était plus auprès d'elle et que Thyrsée était maintenant allongée nue sur son lit, un rouleau de parchemin entre les doigts. Elle parut surprise de voir la jeune femme réapparaître.

– Tiens, te revoilà, Rêveuse, je pensais que tu ne reviendrais plus après tout ce temps!

– Pardonnez-moi, Dame, pour moi il ne s'est écoulé qu'un jour.

– Et ici près de quinze si l'on mesure à ta façon. Approche-toi et assieds-toi au pied de mon lit. (Sandra obéit.) Bien, dis-moi, pourquoi es-tu revenue? Tu te plais vraiment dans notre petit monde ennuyeux?

– Ennuyeux! se récria Sandra. Mais tout est extraordinaire ici! Si vous connaissiez l'existence que nous menons dans l'univers de la réalité...

– Je la connais un peu, jadis un garçon nommé Didier m'en a parlé longuement.

– Ah oui! J'ai déjà entendu parler de lui. Savez-vous ce qu'il est advenu de lui, Dame?

– Il a poursuivi sa quête; avec quel succès, je l'ignore. Peut-être Télan le sait-il; il te faudra lui demander à l'occasion. C'était un garçon charmant mais, par Shamphalaï, qu'il faisait mal l'amour!

Thyrsée s'étira voluptueusement.

– Au fait, Rêveuse, veux-tu que nous nous aimions toutes les deux?

– Non, ne put s'empêcher de répondre Sandra avec une certaine vivacité, excusez-moi, Dame, mais je ne pourrais pas, je... je...

– C'est bon, dit Thyrsée en riant, rassure-toi, je ne vais pas te violer. Mais si tu aimes les hommes, tu risques d'être déçue ici, le sexe de Télan est réservé au ventre de la catin qu'il a achetée en même temps que toi et, puisque tu appartiens au roi, nul autre n'a le droit de te toucher. Mais tu n'as pas répondu à ma question, pourquoi es-tu revenue parmi nous?

– A l'état d'éveil, j'ai une vie sans joie. Mon mari m'a quittée par ma faute, je ne travaille plus régulièrement et jusqu'à ces derniers jours, je manquais même d'argent. C'est alors que j'ai découvert le monde onirique, je me suis éprise du seigneur Tsian-Cheng, puis je me suis liée d'amitié avec Tiyii. Je vis une aventure extraordinaire, et sans risques, puisque je finis toujours par me réveiller. Je suis bien décidée à aller jusqu'au bout du rêve quoi qu'il advienne.

– Quel âge me donnes-tu, Rêveuse?

– Je ne sais, vingt-deux, vingt-trois ans peut-être...

– En comptant selon tes normes j'en ai entre cent vingt-cinq et cent trente, je ne saurais le dire exactement. Télan et Tsian-Cheng ont près de trois siècles, tu comprends peut-être mieux ce que j'entends par ennui maintenant.

Sandra, instruite par Tiyii, ne fut que modérément surprise, mais elle avait préféré indiquer l'âge apparent de Thyrsée de crainte de la vexer. Cependant la reine s'était levée et fit signe à la jeune femme de lui présenter une tunique d'or qui traînait sur une chaise basse recouverte de velours incarnat. Thyrsée se glissa dans le vêtement que Sandra laça de chaque côté de sa taille.

– Suis-moi, dit la reine, nous allons chez Télan.

Elles traversèrent les salles que Sandra avait découvertes dans le rêve précédent et parvinrent aux appartements du prince. Les gardes s'effacèrent pour laisser passer Thyrsée qui pénétra chez Télan sans frapper ni se faire annoncer. Celui-ci et Tiyii étaient enlacés, nus, au milieu de la couche du prince et le sexe dressé de ce dernier montrait assez bien quelle était leur occupation. Ils se figèrent à l'entrée de Thyrsée et le visage de Télan s'assombrit de colère, puis il aperçut Sandra et se rasséréna.

– Mais revoici notre Rêveuse. Tiyii s'ennuyait sans toi, approche.

Sa compagne sauta du lit et se précipita vers Sandra pour l'embrasser. Le prince se leva à son tour et sans un regard pour Thyrsée s'approcha de Sandra; il la renversa sur une table, lui écarta les jambes et la pénétra tout en restant debout. Lorsqu'il jouit Sandra fut secouée par un orgasme presque aussi fort que celui que lui avait procuré Tsian-Cheng. Elle eut à peine conscience de Thyrsée qui se retirait tandis qu'elle reprenait son souffle.

– Enlève ta tunique et viens nous rejoindre, lui ordonna Télan qui avait regagné sa couche et confié sa virilité aux doigts et aux lèvres de Tiyii.

C'est épuisée, lourdement appuyée sur l'épaule de son amie, que la jeune femme regagna plus tard les appartements qui leur avaient été assignés. Tiyii paraissait très heureuse de la revoir.

– Je pensais que tu ne reviendrais plus, lui dit-elle, cela fait bien une quinzaine de tes jours que tu as disparu.

– Je sais, répondit Sandra, je ne comprends pas, le

temps n'a pas l'air d'être le même ici qu'à Samarcande.

– C'est exact, je te l'avais dit et plus on va vers le Pays Mauve plus les altérations temporelles sont grandes. On dit même que dans certaines régions, proches du temple du Dieu inconnu, le temps s'écoulerait à l'envers, mais c'est peut-être une légende.

– Qu'as-tu fait, Tiyii, pendant ces quinze jours?

– Tu l'as vu, répondit son amie en riant, j'ai fait l'amour avec le prince tous les jours et toutes les nuits. Je l'ai également fait quatre ou cinq fois avec Thyrsée.

– Avec Thyrsée! Mais elle te hait!

– Pas plus moi qu'une autre qui partagerait la couche de son époux, elle affecte de me mépriser pour agacer Télan, c'est tout. Ils sont brouillés depuis plus de quinze de tes années et nul homme ne peut approcher de Thyrsée puisqu'elle a rang de reine et appartient au prince, alors elle se console avec ses femmes.

– Quelles étranges mœurs! Et vous n'avez réellement rien fait d'autre pendant ces deux semaines?

– Si, nous sommes allés chasser l'oiseau Roc une fois : la chasse a duré deux jours et n'a pas été couronnée de succès. Demain nous repartons; cette fois le prince compte traquer un dragon près de la Montagne de verre.

– Un vrai dragon? Avec une longue queue et une gueule crachant des flammes?

– Oui, c'est un animal très commun des Hautes Terres, tu n'en as pas rencontré en amont de Samarcande car les chasseurs de la ville, et tout particulièrement Tsian-Cheng, les ont tous massacrés. La première fois qu'on en voit, c'est assez impressionnant. Si tu veux, lorsque j'irai rejoindre le prince ce soir, je lui demanderai de t'emmener avec nous.

C'est ainsi que, le lendemain, Sandra partit à la chasse au dragon. Le prince, Hoynar, le maître chasseur, dix hommes d'armes, Thyrsée et ses deux suivantes, enfin Tiyii et Sandra composaient toute la compagnie. Il leur fallut d'abord s'embarquer sur les bateaux à fond plat qui avaient amené la caravane de Samarcande dans l'Aï-Dpur, mais cette fois, les bateaux descendirent en aval de la ville. Au terme d'un voyage de trois heures environ, les chasseurs enfourchèrent chacun un mulet et commencèrent l'ascension de contreforts escarpés. Sandra, cramponnée à sa monture, n'eut guère le temps d'admirer le paysage; elle se contenta de fixer la queue du mulet de Tiyii et de suivre aveuglément. Arrivée sur un plateau, elle put enfin regarder autour d'elle. Le pays n'avait plus rien de commun avec l'Aï-Dpur, la végétation était devenue inexistante et le relief découpé. Ce qui frappait surtout était la présence au loin d'une montagne qui semblait taillée dans un bloc de diamant. Chaque facette, chaque arête jetait mille feux et, par plaques, la lumière était décomposée dans le prisme originel. Sandra se porta à hauteur de Tiyii pour lui demander :

– Qu'est-ce que c'est?

– La Montagne de verre, en réalité ce n'est pas du verre mais une sorte de cristal de roche très pur. Nous allons aller tout près d'elle : Hoynar, le chef des chasseurs, y a aperçu un groupe de dragons. Bientôt, il enverra des éclaireurs afin de débusquer le gibier.

La chevauchée sur le plateau fut plus aisée et Sandra eut même le loisir d'apercevoir un gigantesque oiseau Roc qui tournoya un moment au-dessus du groupe mais renonça à l'attaquer. Elle frémit rétrospectivement en songeant qu'elle avait été transportée par un monstre semblable; elle croyait encore sentir ses serres lui entrer dans la chair. Arrivés à mi-distance de la Montagne de verre, Hoynar et deux hommes se détachèrent et prirent rapidement de l'avance.

Ce qui se passa ensuite fut très rapide. Sandra vit un jet de feu fuser de derrière un rocher et l'un des chasseurs se transforma en torche vivante. Hoynar se jeta à terre tandis que son compagnon aux réactions moins vives fut happé par la gueule du dragon et broyé vif.

– Aux arbalètes! hurla Télan.

Lui et ses hommes mirent aussitôt pied à terre et firent pleuvoir des traits sur l'énorme bête. Le dragon cracha du feu dans leur direction mais ils étaient hors de portée; cette action eut pour seul résultat de lui faire présenter sa gorge aux tireurs et huit carreaux d'arbalète vinrent s'y ficher. Le monstre blessé rugit et battit en retraite. Hoynar, qui était resté allongé immobile sur le sol, en profita pour s'élancer et rejoindre le groupe du prince. Celui-ci avait fait disposer ses hommes en arc de cercle et avançait vers le rocher derrière lequel le dragon s'était retiré. Sandra vit avec surprise que Thyrsée avait également pris une arbalète et s'avançait sur la même ligne que les hommes malgré le danger. Ses suivantes, Tiyii et elle-même restèrent prudemment en arrière, gardant les mulets.

Cependant l'un des chasseurs avait escaladé le rocher qui les séparait du dragon et risquait un œil par-dessus la crête. Un jet de flammes jaillit aussitôt mais l'homme s'était déjà mis à l'abri.

– Hoynar et H'rsinn, jetez-lui des pierres par-dessus la crête pour l'occuper, nous allons le contourner par la gauche, décida le prince.

Il s'élança à la tête de ses hommes vers l'extrémité opposée du rocher derrière lequel le monstre avait disparu. Pendant ce temps, le maître chasseur et son compagnon bombardaient le dragon de projectiles divers. Déjouant les prévisions du prince, la bête blessée surgit de son abri. Un jet de flammes tua net H'rsinn et brûla les cheveux de Hoynar qui plongea littéralement par-dessus la crête pour échapper aux flammes. Sandra ne put retenir un cri d'horreur : Thyrsée n'avait pas suivi Télan dans son mouvement tournant et elle se trouvait seule maintenant face au monstre. Sans perdre son sang-froid, la reine courut droit au dragon. « Elle se suicide », songea Sandra, ce en quoi elle se trompait. La bête ouvrit la gueule pour dévorer cette proie qui s'offrait : Thyrsée s'agenouilla à quatre mètres de lui et lui logea un trait dans la gueule. La flèche d'acier traversa le palais du monstre et vint se loger dans son cerveau. Le dragon se dressa sur ses pattes arrière et s'écroula dans les convulsions de la mort. Thyrsée n'eut que le temps de se jeter de côté pour éviter d'être écrasée.

Télan qui, de loin, avait assisté à la scène, courut comme un fou pour porter secours à la reine. Ce fut lui qui la releva et la serra longuement dans ses bras. Sandra comprit que leur brouille était enfin terminée; qu'allait devenir la pauvre Tiyii? se demanda-t-elle.

– Ce dragon nous a coûté la vie de trois hommes et aurait pu faire pis, n'étaient le courage et l'adresse de votre reine, dit le prince. Je propose, si Thyrsée le veut bien, d'abandonner cette chasse et de nous diriger vers la Vallée enchantée afin d'y capturer une licorne que j'aimerais lui offrir.

– J'irai où mon maître ira, répondit simplement Thyrsée en souriant.

La caravane se dirigea alors vers l'ouest et, par une série de petites gorges ravinées, descendit du plateau de la Montagne de verre. En contrebas, on apercevait les contours d'une vallée, mais elle était recouverte d'un brouillard mordoré qui la cachait complètement aux regards. La lumière qui éclairait la brume paraissait venir d'en dessous et non d'un point situé au-dessus comme il est normal. D'ailleurs le brouillard lui-même était inhabituel, parcouru de sortes de mouvements, comme s'il s'était agi d'un être vivant. Il évoqua pour Sandra quelque énorme méduse pour qui l'élément air remplacerait l'élément eau. Cependant la beauté de ses coloris ne le rendait pas redoutable : on le devinait chaud, accueillant, recélant des merveilles.

Arrivé à un détour du chemin, un cri de Hoynar qui chevauchait en tête fit arrêter la caravane. Tous les soldats prirent leurs arbalètes et se mirent à fixer le ciel tandis que l'ordre de se remettre en marche était donné. Tiyii et Sandra ne pouvaient comprendre les raisons de ces précautions puisqu'elles étaient placées en dernière position. Le danger devait être réel car deux soldats rebroussèrent chemin et vinrent se placer après les deux jeunes femmes pour assurer les arrières.

Après quelques minutes de marche, le motif de ce branle-bas de combat leur fut révélé et Tiyii ne put étouffer un cri d'effroi. Sandra regarda l'étrange spectacle qui s'offrait à ses yeux, mais sans comprendre. Elle crut d'abord que trois femmes enceintes étaient allongées sur le bord du chemin, puis, en s'approchant, elle constata qu'il s'agissait d'un homme, d'une femme et d'un adolescent d'une quinzaine d'années. Tous trois avaient l'abdomen distendu comme celui d'une femme à terme. Ils respiraient doucement et, malgré leurs yeux ouverts, paraissaient dormir. Sur un ordre de Télan trois flèches vinrent se ficher dans leur cœur. Stupéfaite, Sandra interrogea Tiyii des yeux.

– C'est un insecte géant qui a fait ça, nous le nommons le frelon lactifère. Il est gros comme une colombe et sa piqûre paralyse n'importe quel être à sang chaud. Une fois sa victime réduite à l'impuissance, la femelle lui enfonce sa tarière dans le ventre et y dépose une dizaine d'œufs qui se développent très rapidement. Quelques heures suffisent. Des larves en sortent et grossissent très vite, d'où l'enflure des humains ou des animaux parasités. Pendant quelques jours, ces larves se nourrissent du corps qui les abrite et qui est toujours vivant car elles savent éviter de s'attaquer aux organes vitaux. Lorsqu'elles sont assez développées, elles trouent la peau, achèvent de dévorer l'hôte parasité et commencent leur vie indépendante. Elles donnent une sorte de lait très apprécié des paysans de la région, au point que certaines tribus sauvages les élèvent et capturent des hommes et des femmes pour leur servir de pâture. C'est une mort horrible, car, paraît-il, les victimes ne perdent conscience à aucun moment; c'est pourquoi Télan a fait achever ces malheureux.

Sandra se mit aussitôt à examiner le ciel avec inquiétude. Seuls un ou deux oiseaux Roc tournaient en cercle au-dessus de la Vallée enchantée. La descente se poursuivit au ralenti, les regards des cavaliers ne se posant plus que très épisodiquement sur la piste.

– Les voilà! cria soudain un des soldats.

Sandra eut beau écarquiller les yeux, elle n'aperçut d'abord rien dans la direction que l'homme indiquait. Le prince avait pourtant donné l'ordre de mettre pied à terre et d'abriter les mulets derrière les rochers. Chaque femme reçut une arbalète et un poignard à lame recourbée. Cependant les insectes s'étaient suffisamment rapprochés pour devenir visibles. Ils volaient en formation, deux devant, quatre derrière.

– Attention aux quatre femelles! cria Hoynar. Concentrez votre tir sur elles.

Soudain les insectes piquèrent tous ensemble sur la caravane. Une dizaine de carreaux d'arbalète volèrent à leur rencontre, tuant un mâle et deux femelles. Les trois insectes survivants s'abattirent sur le groupe, une des femelles s'agrippa à un mulet et le piqua avant d'être coupée en deux par le poignard d'Hoynar; le frelon mâle heurta de plein fouet Thyrsée qui tomba à la renverse, l'autre femelle se laissa aussitôt tomber sur elle, le dard pointé vers son ventre. D'un coup sec de son poignard, Télan coupa dard et tarière, rendant l'horrible bête inoffensive. Thyrsée l'acheva elle-même en lui arrachant la tête du corps. L'un des soldats avait pendant ce temps tué le mâle qui, après avoir heurté la reine, s'était abattu sur l'une de ses servantes, L'niah. Celle-ci ne se releva pas. Hoynar, se pencha sur elle, vit que l'animal lui avait par malheur enfoncé son dard dans le cœur. Le corps fut enseveli sous des pierres, tandis que Zornyi pleurait sa camarade morte. Avant de donner le signal du départ, Télan fit abattre le mulet qui avait été piqué au début de l'attaque.

– Alors, Rêveuse, demanda Thyrsée à Sandra, tu apprécies toujours autant la vie des Hautes Terres?

– Je suis terrifiée, Dame, mais je trouve cette vie exaltante. Je suis heureuse d'être avec vous.

– Tant mieux, car la chasse à la licorne n'est pas non plus un sport de tout repos, d'autant que nous ne sommes plus très nombreux. Un conseil, suis-moi, le brouillard est traître.

La caravane repartit, Hoynar et trois soldats en tête, suivis du prince et de Thyrsée; derrière eux venaient Sandra puis Zornyi et Tiyii, enfin les quatre autres hommes d'armes fermaient la marche. La descente jusqu'au niveau de la nappe de brouillard s'effectua sans incident, puis la troupe pénétra dans la brume mordorée. Lorsqu'elle émergea dans une véritable oasis de beauté, les deux derniers cavaliers manquaient. On eut beau les appeler, ils ne reparurent pas, engloutis par quelque monstre tapi dans les replis du brouillard.

L'oasis se composait d'un lac allongé aux eaux d'un bleu très clair, d'une végétation à la fois luxuriante et ordonnée, et d'une multitude d'oiseaux de paradis. Dans une prairie à quelque cinq cents mètres, on apercevait un couple de licornes qui paissait en compagnie d'un jeune poulain dont la corne hélicoïdale pointait déjà sur le front. Les animaux perçurent l'intrusion des humains et se mirent à les fixer, puis le mâle commença à labourer la terre de ses sabots.

– Attention, ils vont charger. Pied à terre, en position de tir, ordonna Hoynar. Le prince et moi nous chargeons du poulain. Les femmes, empêchez les mulets de s'enfuir.

A peine avait-il achevé de donner ses instructions que les trois licornes chargeaient. Télan et Hoynar, munis de lassos, s'écartèrent du groupe, tandis que les cinq soldats survivants et Thyrsée attendaient la charge, un genou en terre, l'arbalète pointée. La vitesse des licornes était extraordinaire et les flèches qui atteignirent leur but ne ralentirent même pas la charge des animaux. Le mâle planta sa corne dans la poitrine d'un des hommes et l'envoya voler à dix mètres; la femelle bondit par-dessus les tireurs et fonça jusqu'au groupe des mulets. Avant que les trois femmes, qui retenaient les bêtes, eussent pu esquisser un geste, la licorne avait planté sa corne dans le ventre de Zornyi et, d'un seul coup de tête, lui avait arraché les intestins. Elle hennit alors, se redressa sur les pattes de derrière et tomba, blessée à mort par l'une des flèches reçues.

Soulagée, Sandra regarda où en était le combat pour la capture du poulain. L'animal était à terre, les pattes enserrées dans les cordes d'Hoynar et de Télan. Seul le grand mâle luttait encore et venait d'envoyer un autre homme en l'air, après l'avoir transpercé de part en part. Au mépris du danger, Thyrsée s'approcha de lui et, à deux mètres, lui logea une flèche dans l'œil. La bête tomba à genoux et, dans un dernier effort, lança sa tête en avant pour empaler la femme qui l'esquiva d'une légère rotation du corps.

– Prenez les cornes, ordonna-t-elle aux trois soldats survivants.

Puis elle s'approcha du poulain entravé.

– Je lui ai fait respirer de la liqueur opiacée, Dame, il sera doux comme un agneau, lui dit Hoynar.

– Il est très beau, dit simplement Thyrsée, merci Télan.

– Il est digne de toi, répondit le prince. Nous repartons vers l'Aï-Dpur, ajouta-t-il pour l'ensemble du groupe. Tiyii, tu serviras de suivante à la reine jusqu'au château. Hoynar et moi marcherons en tête, les femmes et la licorne au milieu, vous trois assurerez nos arrières. Pendant la traversée du brouillard, restez groupés, ensuite n'oubliez pas de surveiller le ciel.

Le retour fut moins mouvementé que l'aller, jusqu'au moment où les barques furent en vue sur l'Aï-Dpur. Sandra vit soudain le paysage se désagréger sous ses yeux, et comprit qu'elle se réveillait. La dernière image qu'elle emporta fut celle de Thyrsée, caracolant en tête, montée sur la jeune licorne.

LE LATON IMMONDE

Lorsque Modeste revint dans la grand'salle, l'Oiseau sautillait et gesticulait sur place. Au cours du repas, il avait absorbé une quantité surprenante de nourriture et de vin, son visage était congestionné et ses yeux injectés de sang. Brutalement il s'immobilisa, la bouche ouverte, les yeux exorbités. Modeste aperçut Joachim Lodaüs qui le fixait, rigide comme une statue. L'Oiseau poussa par trois fois une sorte de hurlement rauque et se mit à donner dans le vide de grands coups de pied et de poing, comme s'il cherchait à se dégager de quelque emprise invisible. Peu à peu, son agitation diminua d'intensité et l'homme parut flasque comme une poupée en chiffons. Lodaüs détourna alors son regard de lui.

Le vagabond s'était rapproché du châtelain, les poings serrés, le visage marqué d'une rage difficilement contenue.

– Quelle nouvelle diablerie est-ce là, Lodaüs?

– Le temps est venu, Isidore, répondit simplement le châtelain.

– Vous divaguez, Lodaüs. Comment pourrait-il venir, puisqu'il n'y a pas de temps pour moi!

– Il est venu cependant. Montons dans la bibliothèque, nous y serons plus tranquilles pour parler.

– Puis-je vous accompagner? demanda Modeste.

Le châtelain parut un peu étonné puis fit un signe d'assentiment. Isidore Archèn eut simplement un haussement d'épaules et s'engagea dans l'escalier de la tour derrière Aï-d'Moloch. Arrivé dans la salle de lecture, il ne put s'empêcher de jeter un coup d'œil sur les titres des ouvrages exposés.

– Ce ne sont pas tes livres, dit-il usant à nouveau du tutoiement qu'il avait abandonné pendant le dîner.

– Les ouvrages pratiques sont dans le laboratoire. Ils m'ont été fort utiles dans l'entreprise présente et, reconnais-le, Isidore, le piège a bien fonctionné.

– Pourquoi m'as-tu choisi, moi plutôt qu'un autre, maudit? Tu veux te venger de tes échecs, ou bien m'en veux-tu à cause de cette fille?...

– Quelle façon étroite de voir les choses! La vengeance est une inutilité chère aux esprits faibles. Toutefois, dans certains cas, lorsque des travaux importants sont entravés par des êtres aux pouvoirs déclinants, il n'est pas inutile de faire un exemple. Quant à mes échecs, sans doute ai-je souvent erré avant d'arriver à mon stade actuel. Quel philosophe d'Hermès peut se vanter d'avoir réussi sa quête du premier coup? Tu m'as gêné au début, je le reconnais volontiers, lorsque je n'avais pas encore su éliminer certains préjugés, mais peu et pas longtemps. Je ne saurais t'en garder rancune, tu peux m'en croire.

– Alors qu'attends-tu de moi?

– Attendre quelque chose de toi! Quand comprendras-tu que ni toi, ni tes semblables, ne pouvez plus rien ni pour m'aider, ni pour me nuire. Tout au plus te reste-t-il quelque puissance sur ceux qui ne savent pas que tu es le produit de leurs propres œuvres.

– J'admets tes pouvoirs, Lodaüs, aussi ne t'offrirai-je ni la jeunesse, ni la puissance, ni la richesse. Néanmoins tu as un point faible, si tu es arrivé à prolonger ta vie, c'est uniquement grâce à une série de tricheries. L'élixir de longue vie ne confère pas l'immortalité, tu le sais; or, c'est précisément ce que je puis te donner. Tu assisterais alors à mes côtés à la naissance des hommes et des nations. Tu verrais leur ascension et leur chute quasi inéluctable, et tu pourrais leur venir en aide ou les précipiter plus sûrement dans l'abîme.

– Soyons sérieux, Isidore. Tu t'illusionnes sur ta propre grandeur. Tu te conçois infini dans un temps et un espace donnés, sans pouvoir imaginer d'autres temps, d'autres espaces, encore moins l'absence de ces variables. Pense donc à ton propre destin et non au mien.

– Que veux-tu dire par là? J'ai été, je suis, je serai.

– Allons donc, tu n'es qu'une évocation, comme Shamphalaï et tous les autres. Ton énergie s'est amenuisée au fil des âges. Tu as vu l'Oiseau, Maria Bianchini et Modeste, ici présents; as-tu été capable de t'opposer à leur venue? As-tu été capable d'empêcher qu'ils soient des êtres limités? En ignorerais-tu la cause?

Le vagabond garda le silence.

– Tes yeux sont éloquents sous ta forme humaine, reprit Lodaüs. Tu n'as pas su cacher ton dégoût à la vue de l'Oiseau qui essaie stupidement de reproduire le symbole qui le représentait. Et Modeste, amnésique, et Maria même pas assez consciente pour se souvenir du motif qui l'amenait ici! Tu n'avais plus assez d'énergie pour les transformer en humains normaux : voilà la vérité. Quand tu étais dispersé, tu faisais illusion, maintenant tu apparais tel que tu es. Nu!

– J'ai eu le tort de ne pas rassembler la totalité de mon énergie, c'est tout.

– Penser que des hommes tremblent encore à ton seul nom!

– Et ils ont raison, leur sort est entre mes mains. Ils m'appartiennent.

– Ils n'appartiennent à personne! Ils coexistent avec toi, c'est tout. Tu continueras encore quelque temps à avoir de l'influence sur certains d'entre eux, puis tu disparaîtras petit à petit.

– Aurais-tu l'intention d'essayer de me retenir prisonnier? railla le vagabond.

– Je le pourrais. D'autres hommes l'ont fait pour des entités autrement plus puissantes que toi. Mais je ne vais pas me mettre à tracer des cercles magiques pour t'y enfermer et je ne te ferai pas non plus entrer dans une bouteille comme les génies du comte de Kuppstein! Désormais, je suis assez puissant pour te faire disparaître, tout simplement.

– Es-tu fou! As-tu pensé aux conséquences d'un tel acte?

– Quelles conséquences? Dis-toi bien que personne ne s'en apercevra. Durant des siècles, tu t'es alimenté de l'agonie des hommes, leur crainte de la mort leur a dicté les fables les plus fantasmagoriques dont tu n'es qu'un des personnages. Un personnage tout à fait secondaire.

Isidore Archèn se dressa de toute sa taille gigantesque.

– Je te maudis! hurla-t-il. Et lorsque je reviendrai dans toute la plénitude de mes attributs, je te réduirai au néant dont tu n'aurais jamais dû te différencier.

– Je t'attends, répondit calmement Lodaüs, je t'attends ici, à l'aube du neuvième jour.

Le manoir résonna des pas du géant qui s'éloignait. Le châtelain de R. et Modeste, le *golem* amnésique, restaient seuls face à face. Entre eux, sphinx muet, Aï-d'Moloch paraissait dormir; tout était calme dans la vaste demeure.

– Eh bien, Modeste? interrogea Lodaüs.

– Je pense qu'il vous anéantira.
– Sais-tu seulement qui il est?
– Oui, et j'ai bien peur de savoir également qui je suis...
– Ah! (Lodaüs parut ennuyé.) Ceci me pose un problème, vous pourriez devenir dangereux pour moi.
Modeste sourit imperceptiblement lorsqu'il entendit le châtelain user du voussoiement, mais il ne parut pas autrement sensible à l'hommage.
– Ma ligne de conduite n'est pas encore arrêtée. Lui, je le connais bien, il fut un temps où nous ne faisions qu'un, puis nous nous sommes séparés... Notre façon de voir les choses a divergé, et c'est pourquoi, plus tard, il m'a abandonné. C'est vous, Joachim Lodaüs, que je ne comprends pas. On vous nomme le Maudit, et rarement surnom aura été mieux mérité. Pourtant, le pourquoi de vos actes m'échappe. J'ai d'abord pensé que vous cherchiez à faire le mal pour le mal, mais je sens maintenant que la réalité est plus complexe. Je devine un but dont les motivations aussi bien que la finalité m'échappent.
Le châtelain parut amusé. Il noua et dénoua par deux fois ses mains aux doigts curieusement crochus, parut hésiter un instant sur la réponse à fournir, puis déclara :
– Lorsque j'étais jeune, j'ai rencontré un homme remarquable. J'ai eu la chance d'assister à sa dernière expérience : je l'ai vu quitter la vie.
– Qu'entendez-vous par là?
– Vous savez comme moi que l'univers est une somme constante d'énergie et de matière en perpétuel mouvement, sans commencement ni fin. Des lois strictes en maintiennent l'équilibre. La vie, elle aussi, est un mouvement qui se développe au sein de la matière selon les lois de la causalité. Or, le microcosme et le

macrocosme sont liés; il n'est pas un acte du plus humble des humains qui n'influence le cours des étoiles, il n'est pas un mouvement des planètes qui n'ait sa répercussion sur la vie des plus puissants. Je ne parle ici que du monde de la réalité; je ne tiens compte ni de l'univers onirique qui le complète, ni de la sphère d'existence des êtres-énergie, dieux, démons, entités aux pouvoirs effroyables, qui l'entoure et, par endroits, l'interpénètre. On peut passer d'un état à l'autre, d'un monde à l'autre, mais on ne peut s'en abstraire. Or, je vous le disais, j'ai vu un homme quitter la vie; comprenez-moi, il ne s'agissait pas d'une mort au sens courant du terme, mais d'un acte volontaire, longuement prémédité, qui eut pour résultat de l'abstraire de l'univers. Pour lui, il n'y aurait plus ni naissance ni fin, il était libéré.

– Je sais tout cela, évidemment, mais je sais aussi que notre monde est réellement une somme constante de matière et d'énergie, vous l'avez dit vous-même. Il peut y avoir dégradation, transformation, jamais disparition. Je ne vois pas comment cet homme remarquable aurait pu y échapper.

– Il faut avoir la possibilité d'orienter la causalité et, pour cela, il faut acquérir une certaine puissance mentale. Or, cette puissance est en nous, mais nous la dispersons dans ce que nous nommons : passions, douleurs, désirs, vertus, etc. Il faut éliminer tout cela pour mettre au jour cette puissance latente de l'esprit. Alors un danger nous guette : considérer cette force nouvellement acquise comme une fin; beaucoup s'y sont laissé prendre et sont restés en chemin. Il faut à son tour se détacher de cette puissance, après en avoir usé, pour dépasser le bien, le mal, l'espace, le temps, le plaisir et la douleur. Il n'y a rien à acquérir mais tout à éliminer. L'homme remarquable dont je vous ai parlé m'a révélé un syllogisme qui est la clef suprême de tout ce que je viens de vous dire; au-delà, il n'y a rien que nous-même. Le voici :

– « Ce que je vois apparaître et disparaître et qui, par suite de son impermanence, me fait souffrir, ne peut être mon Moi;

« Or, les éléments constitutifs de mon corps, de mon esprit ou de mon âme, apparaissent et disparaissent sans trêve et, par suite de leur impermanence, me font souffrir;

« Donc, ni mon corps, ni mon esprit, ni ce qu'on nomme mon âme, ne sont mon Moi. »

– Je crois que je comprends, Lodaüs, ainsi le Moi ne serait rien, pas même une prise de conscience désincarnée de l'entité existentielle; en fait, le Moi ne serait rien de ce monde. Peut-être. Mais votre philosophie hautaine omet, ou plus exactement méprise, une force que je place au-dessus de tout : l'amour. M'abstraire de ce qui existe, même si je dois ainsi cesser d'en souffrir, ne m'intéresse nullement. Ce que je veux c'est me réaliser dans l'amour et amener les autres – tous les autres, hommes, dieux, démons, créatures oniriques, animaux – à partager cet amour et à s'y réaliser à leur tour. Je pense que nous ne sommes pas faits pour nous entendre, Joachim Lodaüs, et c'est peut-être dommage...

Le silence qui s'était établi sur le manoir fut soudain rompu par une série de cris poussés par Maria Bianchini et les hululements de l'Oiseau. La femme cria distinctement : « Non », à plusieurs reprises, puis poussa un véritable hurlement. Modeste se dressa, devenu soudain très pâle.

– Vous avez entendu... dit-il. Il la viole, il faut l'en empêcher...

– Pourquoi vous agiter ainsi, mon ami? Elle crie, je vous l'accorde, mais la fois précédente elle ne le faisait pas, alors?

Surpris, Modeste considéra un instant le châtelain, puis la compréhension se fit jour en lui. Il eut un sursaut d'horreur.

– Ainsi c'est *cela* que vous aviez en tête! Vous n'êtes pas encore arrivé au détachement, Lodaüs, et vous méritez amplement le surnom de Maudit.

Sur ces mots Modeste quitta la bibliothèque et courut à la grand'salle. Dans le couloir il se heurta à l'Oiseau qui faisait des bonds en agitant frénétiquement les bras. Lorsque Modeste pénétra dans la pièce d'où provenaient les cris, Maria pleurait, à demi étendue sur un divan, les vêtements en désordre. Elle le regarda et cria d'une voix déformée par la rage :

– Oh! le monstre, le maudit!... Mon Dieu, Jésus! Oh! personne ne m'aidera donc? Je me vengerai...

– Je vous en prie...

– Qui êtes-vous? dit-elle en fixant Modeste avec égarement. Allez-vous-en!

Puis ses traits redevinrent inexpressifs, elle se leva et, sans même se rajuster, s'éloigna dans la direction de sa chambre d'une démarche de somnambule.

Modeste la regarda s'éloigner. Il pleurait. Soudain il eut la sensation d'une présence derrière lui : le châtelain l'observait depuis le fond de la grand'salle.

– Au cas où vous décideriez de vous tourner contre moi, mon ami, dit Lodaüs, apprenez que ce corps n'est pas le vôtre. Votre esprit habite un *golem* que j'ai fabriqué et que je peux détruire en un instant.

– Je le savais, dit simplement Modeste.

LIVRE III

LE TROISIÈME ŒUVRE

« Quand sa tente tint au sol, qu'il eut chassé et pêché, taillé des flèches et aiguisé des harpons, il coupa une branche et en fit un dieu. »

Les Ages d'or, Zabelthau.

TERRE ou l'Alcaest

Sandra se réveilla furieuse. « Maintenant je les ai perdus, jamais je ne pourrai regagner seule la vallée de l'Aï-Dpur », pensa-t-elle. Elle jeta un regard égaré autour d'elle, reconnaissant à grand-peine sa chambre du manoir de R. Peu à peu, sans qu'elle y prît garde, sa vie onirique prenait le pas sur son existence réelle. Elle aurait été bien incapable de faire le récit du dîner offert la veille au soir par Lodaüs; en revanche, elle se souvenait du moindre détail de son séjour auprès de Télan et de Thyrsée.

Elle se leva lourdement, alla ouvrir le contrevent de bois et resta un moment à respirer l'air frais du matin. Un léger feulement la fit se retourner. Aï-d'Moloch s'étirait, couché sur la robe qu'elle portait au cours de la soirée. La jeune femme eut d'abord un geste instinctif pour chasser l'animal, mais elle se retint à temps. Elle considéra le chat un moment, réfléchit, enfin vint s'asseoir en tailleur en face de lui.

– Maître-Chat, demanda-t-elle, notre temps et celui de l'Aï-Dpur ne coïncident pas. Existe-t-il un moyen de retourner là-bas quelques minutes seulement après en être parti?

Le chat inclina la tête.

« Ainsi, c'est possible, songea-t-elle avec soulagement, mais comment trouver les questions qu'il faut poser à cette bête? » Elle réfléchit longuement puis demanda :

– Est-ce un moyen magique?

– Non, fit Aï-d'Moloch.

– Dois-je laisser passer un intervalle de plus d'une journée avant d'y retourner?

La réponse fut affirmative.

– Ah! fit Sandra à la fois soulagée de la simplicité du moyen et déçue de devoir différer son retour dans le monde des Rêves.

– Deux jours? demanda-t-elle.

Le chat secoua la tête.

– Trois jours?

Le chat hocha positivement la tête.

– Que c'est long! murmura la jeune femme. Dites-moi, Maître-Chat, j'ai une autre question à vous poser. J'ai entendu parler à plusieurs reprises dans les Hautes Terres d'un garçon nommé Didier, qui serait passé avec son corps physique dans l'univers onirique. Est-ce vraiment possible?

Aï-d'Moloch approuva gravement.

– Pourrais-je y parvenir seule? Ah! non, reprit-elle en voyant l'animal secouer la tête. Pouvez-vous m'y aider? Non, plus... Alors le châtelain?

Cette fois la réponse fut positive, puis le chat se leva, gagna la porte, l'ouvrit et sortit. Sans doute estimait-il avoir répondu à assez de questions pour ce jour-là.

Sandra resta un long moment là, par terre, à considérer ce qu'elle venait d'apprendre. « Lodaüs, oui, mais... voudra-t-il? » se demandait-elle.

La voix de Modeste la fit sursauter : il venait d'apparaître à la porte de sa chambre qu'Aï-d'Moloch avait laissé ouverte en partant.

– Qu'avez-vous Sandra, seriez-vous souffrante? demanda-t-il.

La jeune femme se rendit compte de ce que sa position, assise au pied de son lit, pouvait avoir de surprenant. Elle vit le regard de l'homme quitter son visage et s'abaisser : elle se rendit compte que sa veste de pyjama était déboutonnée et laissait voir sa poitrine. Instinctivement, elle se rajusta et se releva.

– Non, je vais bien, Modeste, je vous remercie. Cela peut paraître stupide, mais je réfléchissais!

– C'est parfait alors. Vous descendez pour prendre le petit déjeuner?

– J'arrive.

Sandra referma la porte, se lava et s'habilla rapidement, puis rejoignit Modeste dans la grand'salle. Il s'y trouvait seul, mais les traces du passage d'Aï-d'Moloch étaient visibles.

– J'ai deux choses à vous apprendre, Sandra. D'abord, je suis guéri de mon amnésie, ensuite l'Oiseau a violé Maria Biancchini hier au soir.

– Quoi? ne put s'empêcher de s'écrier la jeune femme.

– C'est malheureusement exact; j'ajouterai qu'il n'a pas agi de lui-même, mais sous l'influence de Lodaüs. Ce dernier a provoqué Isidore et lui a donné rendez-vous dans neuf jours, commencez-vous à comprendre?

– Rien du tout, Modeste, et je vais vous faire un aveu : tout cela m'intéresse fort peu. J'ai découvert un autre mode de vie dans l'univers onirique qui me passionne, je ne vis plus réellement que là-bas. Ici, mieux vaut me considérer comme une sorte de somnambule.

– Je vois; Lodaüs vous a certainement choisie parce qu'il savait que vous réagiriez ainsi et que vous ne lui causeriez aucun souci. Vous ne vous posez réellement aucune question?

– Au début, si. J'en ai même parlé à monsieur Paul et à l'abbé Laffite, mais maintenant, je ne me sens plus concernée. J'attends la nuit, c'est tout. J'ai parcouru le monde des Rêves tous les soirs depuis que je vis au manoir. Pour des raisons de décalage temporel, je vais devoir cesser de m'y rendre durant deux nuits, sinon je ne pourrais y retrouver mes amis. D'ici là, je serai probablement morte d'ennui!

– Je n'en suis pas si sûr, Sandra, Maria Bianchini saura peut-être vous occuper.

– Cette femme?

– Attendez, vous verrez bien. Pour l'instant j'ai l'intention de visiter un peu le domaine de R. Venez-vous avec moi? J'ai entendu parler de grottes ornées d'étranges sculptures.

Sandra renonça à se demander d'où lui venaient ses connaissances et accepta. Il lui suggéra d'échanger sa robe légère contre un pantalon mieux approprié à l'escalade. Une fois dans sa chambre, la jeune femme passa un blue-jean puis enfila un tee-shirt; au moment de redescendre, elle s'arrêta un moment. Elle revit en pensée le regard de Modeste glisser de son visage à sa poitrine lors de sa visite matinale. « Après tout, pourquoi pas lui? » se dit-elle. Sandra retira son tee-shirt, ôta son soutien-gorge, puis mit une blouse qui la serrait un peu et défit les trois premiers boutons, dévoilant ainsi largement ses seins. Modeste ne parut pas le remarquer lorsqu'elle vint le rejoindre sur la terrasse, et l'entraîna aussitôt sur le sentier forestier.

Ils prirent la direction opposée au chemin qui rejoignait la route de F. Un bois, dont la plupart des arbres étaient morts, conduisait vers une falaise de roche noirâtre. Les ronces et la thuie rendaient la progression difficile et Sandra regretta ses fantaisies vestimentaires lorsqu'une branche épineuse vint balafrer son sein droit. Modeste poursuivait sa route sans s'apercevoir des difficultés de sa compagne. Il s'arrêta seulement au pied de la falaise et tenta vainement d'en arracher un morceau.

– Cette région est calcaire, Sandra, pourtant cette roche me semble bien être du basalte, ce qui est une impossibilité géologique. Vous vous souvenez que j'ai lu un manuscrit relatant les premières années de la vie de notre cher hôte. Il y était écrit qu'une de ses premières réalisations avait été d'arracher une fraction du Néant originel et de l'implanter sur la Terre, ici même. Ces roches basaltiques ne seraient pas d'origine terrestre et ouvriraient la porte sur d'autres mondes. L'ouvrage précisait encore que des sculptures « indiquaient le chemin », ce sont elles que je cherche.

Modeste entreprit alors de longer la falaise malgré la végétation qui s'opposait farouchement à toute progression. Ce fut Sandra qui, la première, aperçut une sculpture au-dessus de leurs têtes. Elle l'indiqua à Modeste et il entreprit d'escalader la falaise jusqu'à une sorte d'étroite corniche naturelle. Il parvint à s'y hisser, puis tira la jeune femme jusqu'à lui. La sculpture représentait un être multi-tentaculaire dont le corps formait des angles inhabituels. Modeste suivit la corniche jusqu'à une large anfractuosité du rocher où un autre de ces monstres poulpesques avait été représenté; celui-là, quoique peu différent du précédent, donnait une profonde impression de malignité. Une protubérance, un œil sans doute, était usée, et Modeste y appliqua son doigt.

– C'est une porte, dit-il. Si l'on connaît la formule appropriée, en appuyant ici, on doit déclencher un mécanisme d'ouverture.

– Je préfère de pas la connaître, répondit Sandra, effrayée.

– N'ayez pas peur, belle dame, je voulais seulement vérifier la véracité du manuscrit que j'ai eu entre les mains. C'est maintenant chose faite, nous rentrons.

La descente fut aussi malaisée que la montée et lorsque finalement Sandra se laissa tomber dans les bras de Modeste pour rejoindre le sol, il ne restait à peu près rien de sa mince blouse. Instinctivement, elle se serra contre lui et l'embrassa sur la bouche. L'homme parut surpris, il ne repoussa pas la jeune femme mais ne lui rendit pas non plus son baiser. Sandra, pensant qu'il était timide, se recula légèrement, lui prit les mains et les plaça sur ses seins dénudés. Modeste se contenta de les effleurer comme on caresse la joue d'un enfant, puis il se recula nettement.

– Non, Sandra, il ne faut pas, dit-il. N'allez pas croire que vous ne me plaisez pas, mais j'ai fait un vœu : quoiqu'il m'arrive, je resterai chaste.

Devant l'air déçu et un peu vexé de la jeune femme, il se mit à rire, l'embrassa sur la joue et, la prenant par la taille, l'entraîna.

– Il ne faut pas chercher à comprendre, belle dame, les créatures invitées par Joachim Lodaüs ne sont pas des êtres humains normaux. Mais soyez assurée que je vous aime beaucoup.

Après leur retour au manoir la journée parut interminable à Sandra, d'autant qu'elle n'avait même pas l'espoir de retrouver sa vie aventureuse des Hautes Terres du Rêve. Elle se résigna à lire l'un des romans qu'elle avait précédemment rapportés de A.

Maria Bianchini ne parut pas de la journée et le châtelain resta enfermé dans son laboratoire. Seul l'Oiseau était en vue, errant sur la terrasse et poussant par moments ses cris lancinants. Dès la fin du dîner, Sandra monta se coucher, elle laissa un cierge allumé, prit un somnifère puissant et se glissa dans les draps.

La journée du lendemain fut en tous points semblable à l'après-midi de la veille. Seule différence, Maria Bianchini reparut aux heures des repas, elle paraissait avoir complètement oublié les événements de l'autre soir. Modeste continua ses explorations du domaine, seul cette fois. Sandra passa la plus grande partie de la journée sur son lit, à lire, rêvasser et s'ennuyer ferme. Après tout, sa présence était devenue inutile.

Le soir, le châtelain réapparut et aborda précisément ce sujet.

– Comme vous avez pu le constater, madame Fennini, votre patient, Modeste, est désormais guéri. J'aurai néanmoins encore besoin de vos services professionnels durant une semaine environ pour Mme Bianchini.

– Je devrai m'en aller ensuite, monsieur?

– Comme il vous plaira.

– Aurez-vous besoin d'elle jusqu'au dernier moment, mon cher Joachim? demanda alors Modeste non sans une nuance d'ironie dans la voix.

– Naturellement, au moins jusqu'à l'aube du neuvième jour. Pourquoi cette question?

– C'est bien ce que je pensais; mais avez-vous songé qu'à l'aube du neuvième jour, Isidore doit revenir et qu'il sera alors trop tard pour que Sandra fuie. Avez-vous précisé dans vos conditions d'engagement qu'elle mourrait ici pour votre commodité?

Sandra sentit son sang se figer; elle comprit que son sort se jouait en cet instant précis. Le châtelain paraissait extrêmement agacé de l'insistance de Modeste.

– Ce n'est qu'une femme, dit-il. Quelle importance?

– C'est un être humain et comme tel elle a droit à l'amour qui doit revenir à chaque créature. Vous devez la sauver.

Lodaüs allait répondre lorsqu'il s'arrêta pour fixer Aï-d'Moloch qui devait lui adresser un message mental; il parut d'abord amusé puis haussa les épaules. Se tournant vers Sandra, il lui dit :

– Ainsi vous voulez que je vous transporte physiquement dans le monde des Rêves? Vous y perdrez la vie tout aussi sûrement qu'ici.

– Peut-être, mais elle aura librement décidé, intervint Modeste.

– Très bien, dit Lodaüs d'un ton sec, c'est pour moi une dépense d'énergie inutile, mais je le ferai. Vous arriverez par le portail d'onyx des Basses Terres, ensuite vous pourrez choisir la forme de suicide qui vous conviendra.

Sur ces mots le châtelain se leva de fort méchante humeur. Modeste plaça sa main sur celles de Sandra et lui dit en souriant :

– Tant que vous resterez dans les Basses Terres vous ne risquerez rien, Sandra, ne vous inquiétez pas.

La jeune femme était si remuée par ce qui venait d'être dit qu'elle ne sut que répondre et s'enfuit dans sa chambre. Malgré le somnifère, elle eut une nuit agitée.

Le troisième jour fut marqué par un seul incident notable : Maria Biancchini fut prise d'un malaise que Sandra mit sur le compte de l'approche de la ménopause. Modeste préféra ne pas la détromper.

Le quatrième jour, l'état de Maria avait empiré. Ce qui frappait surtout était son teint de parchemin, ses yeux cernés et sa respiration difficile. Elle était descendue au petit déjeuner dans une chemise de nuit à l'ancienne mode qui lui tombait jusqu'aux pieds. En se levant de table, elle eut un étourdissement et tomba dans les bras de Sandra qui, avec l'aide de Modeste, la monta dans sa chambre. L'infirmière l'examina, puis se retourna vers Modeste, stupéfaite.

– Cette femme est enceinte, j'aurais pourtant juré hier qu'elle ne l'était pas!

– Hier, elle ne l'était que de trois mois, aujourd'hui elle l'est de quatre. Pourquoi croyez-vous que Lodaüs ait donné rendez-vou à Isidore à l'aube du neuvième jour?

Sandra fixa Modeste avec stupeur.

– Mais... c'est impossible... vous n'êtes pas sérieux n'est-ce pas?

– Impossible pour des êtres humains, Sandra, mais vous seule êtes humaine parmi nous.

EAU ou le Rebis

Sandra réapparut alors que la caravane ne s'était pas éloignée de plus de cinquante mètres. Tiyii manifesta une grande joie à retrouver son amie si rapidement; elle ne pensait plus la revoir. Le prince vint personnellement demander à la Rêveuse comment elle avait fait pour revenir beaucoup plus rapidement que la fois précédente, et la jeune femme lui rapporta sa conversation avec Aï-d'Moloch. Télan écouta attentivement.

– Ce savoir peut nous être utile un jour, conclut-il avant de donner l'ordre de poursuivre la marche.

Le retour dans la ville d'Aï-Dpur s'effectua sans incident notable. Un frelon lactifère tourna un moment au-dessus des barques mais il était seul et n'osa pas attaquer. Une fois au palais, chacun partit se reposer des fatigues de l'expédition et Sandra fut heureusement surprise de s'endormir sans difficulté. Au matin, un page vint la prévenir que le prince les demandait, elle et Tiyii. Télan les attendait en compagnie de Thyrsée, il leur souhaita le bonjour et les pria de le suivre. En chemin, ils furent rejoints par Hoynar. Le prince s'arrêta devant une porte fermée à clef et surveillée jour et nuit par deux gardes; il prit la clef qui pendait à un cordon contre sa poitrine, puis ouvrit.

fit entrer Thyrsée, les deux femmes et Hoynar, puis referma la porte lui-même derrière eux. La pièce était petite, entièrement tapissée de velours bleu pâle. En son centre était érigé un catafalque sur lequel reposait un cercueil taillé dans le cristal. Une jeune fille blonde paraissait dormir. Ses traits étaient d'une beauté enchanteresse et son corps parfait. Elle était revêtue d'une tunique courte blanche rehaussée de broderies d'or.

– Voici Mylène, dit Télan, la voix enrouée par l'émotion. Ce n'était pas réellement une femme, mais un corps sublime animé par un démon suscité par le mage Joachim Lodaüs, le maudit. Je l'ai follement aimée; maintenant que j'ai retrouvé la raison, je veux que vous soyez témoin du geste purificateur qu'il me reste à accomplir. Hoynar, donne-moi ton coutelas.

Le maître chasseur tendit l'arme au prince qui la prit par la lame gainée de cuir et en tint le manche de corne à l'épaisse virole de cuivre au-dessus du cercueil. Il resta un long moment ainsi, et Sandra se demanda s'il serait capable d'aller jusqu'au bout de son geste. D'un seul coup, Télan fit voler le cristal en éclats. Instantanément le corps de Mylène se ternit et se recouvrit d'une fine couche de poussière qui gagna bientôt en épaisseur. Au bout d'une minute ses formes se défirent, et il ne resta plus qu'un amas de poussière recouvert d'une tunique blanche et or.

– Hoynar, murmura-t-il, dites au chambellan de jeter ces restes et de retapisser la pièce selon le vœu de la reine.

Puis, appuyé sur Thyrsée, il s'éloigna. Après quelques pas, il parut se raviser et se retourna vers la porte de la chambre mortuaire restée ouverte.

– Tiyii! Rêveuse! appela-t-il. La reine et moi avons maintenant besoin de solitude et de silence. Je vous libère toutes deux, Hoynar vous pourvoira en armes, vivres et moyens de locomotion, à moins que vous ne choisissiez de rester dans la vallée. Que le grand Shamphalaï soit avec vous!

– Bonne chance, Rêveuse, ajouta Thyrsée. Reviens un jour nous voir, dans quelques années. Bonne chance à toi aussi, Tiyii, je ne t'en veux point.

Le prince et Thyrsée s'éloignèrent, laissant les deux jeunes femmes seules près des restes de Mylène, cette poussière impalpable que Hoynar laissait filer pensivement entre ses doigts. L'homme considéra Tiyii un moment puis lui dit :

– Que vas-tu faire, Tiyii? Si tu retournes à Samarcande, tu seras prise et vendue à quelque autre maître, si tu te diriges vers les montagnes, les brigands qui les infestent te captureront et te réduiront eux aussi en esclavage. Même si tu leur échappes, frelons, dragons, oiseaux Roc, bêtes de la nuit seront là pour mettre un terme à ton voyage. Epouse-moi et vis heureuse et libre dans la vallée de l'Aï-Dpur, je te traiterai bien.

– Je suis née dans le village de Tiyi, qui est à trois jours de marche du mont Phlegn, répondit-elle. J'aimerais revoir le site de mon enfance, même si le village est depuis longtemps détruit. La route est sûre jusqu'au mont Phlegn, ensuite j'aurai six jours de voyage aller et retour, plus un ou deux à passer là-bas. Si le sort m'est favorable, je reviendrai rapidement. Alors j'accepterai d'être tienne et de finir mes jours dans cette vallée de l'Aï-Dpur.

– Qu'il en soit fait selon ton désir, Tiyii, j'attendrai ton retour, même s'il doit être plus tardif que ce que tu sembles croire. Venez vous préparer.

– Tu m'accompagnes, Rêveuse? interrogea Tiyii.

– Bien sûr, jusqu'à ton retour ici, ensuite je poursuivrai ma route seule, j'ai encore beaucoup à découvrir.

Hoynar conduisit les deux femmes à l'armurerie et leur donna des arbalètes, deux couteaux de chasse et une pommade qui cicatrisait immédiatement les plaies. Il leur fournit ensuite deux mulets et des vivres pour deux semaines. Enfin il leur souhaita bonne chance et Tiyii l'embrassa dans le cou et se laissa embrasser de même, coutume qui marquait leur engagement réciproque.

La montée du sentier conduisant au mont Phlegn fut pénible physiquement mais sans danger; cette route était fréquentée journellement par les habitants de l'Aï-Dpur car elle était la seule voie d'accès à la Rhia par où s'effectuait tout le commerce. Au sommet de la montagne, Tiyii examina longuement le paysage pour s'orienter. Elle désigna du doigt une vallée assez éloignée.

– Je reconnais cette vallée, j'y allais enfant, je m'en souviens très bien. J'espère que, de là, je pourrai retrouver le chemin du village. Suis-moi, Rêveuse.

Le soir ne les trouva guère avancées, la vallée paraissant s'éloigner au fur et à mesure qu'elles progressaient. Il leur fallut camper; Tiyii choisit de s'abriter sous un gros rocher d'où il serait facile de repousser un ennemi éventuel. Elle prit la première garde puis, au bout de trois heures, réveilla Sandra, lui mit l'arbalète chargée entre les mains et alla s'allonger. Sandra commença sa veille, désorientée par l'absence d'étoiles et l'étrange luminosité violette qui imitait certains crépuscules terrestres. Elle avait peur, tout en étant fascinée par ce qui l'entourait. Au bout d'un moment, elle perçut une sorte de glissement dans l'air, comme un vol plané; elle pointa l'arbalète vers le devant de leur abri et par mégarde lâcha le trait. Un bruit rauque se fit entendre; au matin les deux amies aperçurent quelques gouttes de sang vert.

– Tu as touché par hasard une bête de la nuit, elles sont invisibles et très rapaces, lui expliqua Tiyii, c'est vraiment un coup de chance.

Après un frugal repas elles repartirent, franchissant une nouvelle chaîne de petites montagnes arides. Seule la thuie épineuse paraissait pouvoir y pousser. Un oiseau Roc vint tourner un moment autour d'elles, puis les abandonna pour une autre proie. A la mi-journée, elles arrivèrent à un petit lac dont l'eau bleu pâle était parfaitement transparente.

– J'aimerais me baigner, suggéra Sandra.

Tiyii observa longuement l'eau, puis déchargea un des mulets et le fit pénétrer dans l'élément liquide. Aucune bête ne surgit des profondeurs pour l'attaquer.

– Il n'y a pas de danger, nous pouvons y aller.

Joignant le geste à la parole, Tiyii se dépouilla de ses vêtements et plongea, Sandra se mit nue à son tour et vint la rejoindre. Elles nagèrent un moment, puis jouèrent à s'éclabousser au milieu des rires et des cris.

– Maintenant assez ri, sortez de là, fit une voix d'homme.

Les deux jeunes femmes se figèrent et levèrent la tête. Trois brigands de la montagne se tenaient au bord du lac, leurs propres arbalètes pointées sur elles. Impuissantes, elles regagnèrent la rive. Les hommes leur attachèrent aussitôt les poignets derrière le dos, puis leur fixèrent des chaînettes aux chevilles, qui leur permettraient de marcher mais non de courir. Cela fait, les trois acolytes se déshabillèrent et parurent aussitôt, le sexe dressé; le premier prit Sandra debout, tandis que le second s'enfonçait en elle par-derrière. Ils jouirent presque en même temps et abandonnèrent la jeune femme suffoquée pour s'occuper de Tiyii que besognait leur compagnon.

Ils abusèrent ainsi de leurs victimes cinq fois au cours de l'après-midi; puis celui qui paraissait commander, Lehmyr, ordonna aux autres de se préparer au départ. Il enfourcha lui-même un des mulets tandis que provisions et armes étaient chargées sur l'autre; deux cordes furent fixées à la selle de l'animal et leur autre extrémité passée autour des cous de Tiyii et Sandra.

Lehmyr semblait connaître la région car il conduisit la petite troupe à une caverne proche. Là, les hommes se gavèrent des provisions de leurs prisonnières, puis les violèrent une bonne partie de la nuit. Epuisée, Sandra s'évanouit et laissa Tiyii subir seule les derniers assauts.

Le soleil était déjà haut lorsque les brigands se réveillèrent.

– Que faisons-nous? demanda l'un d'eux à Lehmyr.

– Nous allons descendre vendre ces femelles à Samarcande, nous tirerons bien cinquante mesures d'or de la brune et trente de l'autre. Alors, à nous la belle vie. Aussi ne les abîmons pas davantage et partons, il faut rejoindre la Rhia avant la nuit.

Le groupe se remit en marche, Tiyii et Sandra toujours entravées de la même façon. On avait maintenant quitté la montagne aride pour une région boisée dans laquelle la progression était plus aisée. L'un des hommes avait ramassé une badine et fouettait les fesses des deux femmes pour les forcer à marcher plus vite malgré leurs liens.

Lehmyr marchait en tête lorsqu'une flèche vint se ficher dans son cœur. Avant que ses deux compagnons eussent le temps de tirer leurs armes, des femmes guerrières les avaient encerclés, l'arc ou la lance pointés. Elles portaient un pagne de cuir et un soutien-gorge taillé dans la même matière et orné de clous de cuivre. Sandra constata avec surprise que toutes avaient la poitrine parfaitement plate sous leur vêtement. Cependant, les deux brigands, jugeant toute résistance inutile, avaient jeté leurs armes à terre.

Deux des femmes soldats s'approchèrent, les dépouillèrent de leurs vêtements puis les ligotèrent, elles vérifièrent ensuite les liens des deux femmes et leur firent signe d'avancer. Sandra, qui avait espéré un moment être délivrée, s'aperçut qu'elles avaient seulement changé de maîtres.

Après une heure de marche, la troupe arriva en vue d'un château fort gardé par une nuée de femmes soldats portant le même uniforme que le groupe qui les avait capturés.

Une fille que rien ne distinguait des autres s'approcha des captifs et leur dit :

– Vous allez être conduits devant la reine Sépher qui décidera s'il faut vous immoler ou si elle vous accepte pour esclaves.

A ce nom, Tiyii et les deux hommes parurent épouvantés, mais ils n'osèrent pas prononcer une seule parole. Sous bonne garde, ils furent conduits dans le château jusqu'à la grand'salle. C'était la reproduction précise d'un château fort médiéval, avec ce que cela comportait d'austérité dans la décoration et le mobilier. La reine se tenait debout sous un dais, c'était une véritable géante qui devait mesurer près de deux mètres. Elle portait une longue jupe de cuir noir parsemée de clous d'or et une cape de soie rouge vif rejetée en arrière. A l'inverse de ses guerrières, elle avait la poitrine nue et dressait orgueilleusement deux seins énormes aux bouts peints en vermeillon. Sandra, stupéfaite, songea qu'elle devait faire un mètre vingt de tour de poitrine.

La femme soldat qui conduisait les prisonniers s'agenouilla devant la reine et lui dit :

– Trois hommes ont envahi vos terres, Sépher. Nous en avons tué un et voici les deux autres. Ces deux femmes étaient leurs captives.

– C'est bien, Lerlag, émasculez ces hommes puis

disposez de leurs corps de la façon habituelle. Quant à vous, femmes, qui êtes-vous?

Les hurlements de terreur des deux brigands empêchèrent Tiyii de répondre immédiatement. Il fallut le renfort d'une douzaine de guerrières pour parvenir à les entraîner hors de la salle.

– Je suis Tiyii, favorite du prince Télan, et voici mon amie Sandra. Si tu nous libères, le prince te versera une bonne rançon.

Le reine éclata d'un rire énorme.

– Une rançon! Que ferais-je d'une rançon? En revanche, vous possédez toutes deux quelque chose qui m'intéresse et que je vais avoir la joie de vous prendre. Suivez-moi, vous allez comprendre.

Sépher leur tourna le dos et se dirigea vers l'intérieur du château. Leurs gardiennes poussèrent Tiyii et Sandra à la suite de la reine. Elles suivirent un long couloir dont chaque meurtrière était gardée par une femme armée d'un arc, puis parvinrent devant une grande porte de chêne. La porte était fermée par une énorme serrure et gardée par quatre guerrières. Une garde, qui détenait la clef, ouvrit à la reine qui pénétra dans la salle suivie des prisonnières. Elles découvrirent une pièce vide aux murs tapissés de globes de verre. Sandra dut s'approcher pour comprendre ce qu'ils contenaient et crut alors défaillir d'horreur : c'étaient des seins de femmes sur trois murs et des génitoires d'hommes sur le dernier.

– Voici ma collection que vous allez enrichir dans un instant, dit fièrement la reine. Apportez les appareils, ajouta-t-elle à l'adresse des gardiennes.

En entrant Sandra avait aperçu d'étranges engins, hauts d'un mètre environ, mais n'y avait pas prêté autrement attention. Les femmes soldats en apportèrent deux et la jeune femme vit qu'il s'agisssait de petites guillotines à deux trous. Deux femmes forcèrent Sandra à s'agenouiller devant l'appareil et introduisirent ses seins dans les alvéoles prévues à cet effet. Elles bouclèrent des courroies dans le dos de la jeune femme afin de lui comprimer le torse contre la partie antérieure de l'engin. Ensuite, chaque femme saisit un de ses seins d'une main et tira dessus de toutes ses forces pour le faire saillir au maximum, tandis que de l'autre, elle vissait un dispositif de serrage. Deux colliers métalliques, placés en arrière du plan de coupe de la lame, maintenaient dans la position voulue les organes des suppliciées. Sandra vit avec effroi ses mamelles se gonfler à l'avant de l'appareil, elle croyait déjà sentir l'acier mordre sa chair et avait l'impression que tout son corps s'était transformé en un bloc de glace.

– Les prisonnières sont apprêtées, annonça l'une des guerrières.

Pendant qu'on attachait Tiyii et Sandra, la reine s'était absentée un instant pour aller chercher deux globes de verre. Elle en présenta un à Tiyii.

– J'avais entendu parler de ta beauté, Tiyii, aussi avais-je préparé à l'avance une boîte d'exposition pour tes ornement féminins. Vois, ton nom y est gravé dessus. J'en ai également pour les autres femmes dont la beauté est célèbre dans le monde des Rêves : Thyrsée, Limvinn la Noire du Pays Mauve, Ho'sharry, la favorite de Tsian-Cheng, et Aurore, l'adolescente qui cherche la Cité Fabuleuse. J'ose espérer qu'elles figureront un jour dans ma collection. Quant à l'autre boîte que j'ai apportée, tu peux voir que le nom « Sépher » y est inscrit, car si un homme réussit à prendre un jour mon château, j'aimerais qu'il ajoute à ce magnifique ensemble son plus bel ornement.

Le reine s'approcha de Sandra qui dut se mordre les lèvres pour ne pas hurler de terreur. Elle prit ses seins, les palpa et les soupesa d'un main experte.

– Tu avais de belles mamelles, femme, j'espère qu'elles t'ont apporté du plaisir. N'aie pas peur, ajouta-t-elle, tu souffriras sur le coup mais, dès qu'elles auront été tranchées, on te passera un onguent qui fait disparaître la douleur et arrête l'hémorragie.

Pendant un instant encore elle continua à manipuler la poitrine de Sandra, la pétrissant comme ferait un sculpteur de sa pâte, tandis que sa victime impuissante sentait l'angoisse lui tordre le ventre. Puis, d'un geste rapide, Sépher déclencha le mécanisme qui libérait la lame. D'abord, comme au ralenti, Sandra vit ses seins se détacher et tomber dans une vasque de cristal fixée sous les alvéoles de la guillotine, puis elle sentit une intolérable souffrance exploser en elle. Elle hurla comme une démente et s'évanouit.

Lorsqu'elle revint à elle, elle fut surprise de ne ressentir aucune douleur. Elle était allongée sur le sol, libre de tout lien, les plaies de sa poitrine enduites d'une épaisse couche d'onguent. Deux femmes soldats la relevèrent et lui présentèrent un uniforme semblable à celui qu'elles portaient. Sandra, encore hébétée du choc, enfila machinalement la jupe de cuir; elle tenta par contre de repousser le soutien-gorge, persuadée que son contact lui serait insupportable mais, une des femmes le lui ayant passé, elle constata qu'elle ne ressentait aucune gêne. Ayant repris ses esprits, elle regarda autour d'elle. Tiyii était toujours attachée à l'instrument de torture, les seins étirés sous le couperet; la reine les caressait longuement, agenouillée devant sa captive. Elle finit par prendre leurs pointes dans la bouche, l'une après l'autre, et les suça avidement.

– Aie pitié, grande reine, implora Tiyii, si tu m'épargnes je saurai t'aimer savamment.

Sépher se releva enfin, le visage en feu, pétrissant encore à pleines mains la poitrine de la prisonnière.

– Petite imbécile, haleta-t-elle d'une voix rauque, je ne jouis qu'en voyant ce spectacle.

A ces mots, elle libéra le ressort. Sandra vit l'éclair de la lame qui jaillissait et les seins de Tiyii tombèrent dans la vasque réceptrice. La reine ferma les yeux et resta quelques instants ainsi, la respiration haletante. Cependant deux gardes avaient détaché le corps évanoui de Tiyii et commençaient de l'enduire de l'onguent cicatriciel. Une fois revenue à elle, la jeune femme reçut le même vêtement que Sandra.

Sépher, son moment de transe passé, s'occupait à préparer ses nouvelles pièces de collection. Elle les plaça dans deux globes de verre, y ajouta un liquide gélatineux destiné à en assurer la conservation, et les scella contre l'un des murs. Sandra la regarda faire avec une indifférence qui la surprit mais, ne sentant aucune douleur, elle n'arrivait pas à admettre que c'était sa chair qui venait d'être manipulée par la reine.

Celle-ci quitta la pièce une fois l'opération achevée et les gardes lui emboîtèrent le pas, emmenant Tiyii et Sandra avec elles. Elles sortirent dans la cour du château et gagnèrent les communs. Là se dressait un enclos grillagé. Sépher leur fit signe de s'en approcher. Une dizaine de corps y étaient allongés, en majorité des hommes; leurs abdomens distendus montraient qu'ils servaient d'hôtes à des frelons lactifères. Les deux brigands qui avaient enlevé les jeunes femmes s'y trouvaient aussi, émasculés mais vivants. Leur rigidité prouvait qu'ils venaient d'être piqués par les redoutables insectes et Sandra ne put s'empêcher d'éprouver un sentiment de pitié pour eux, malgré ce qu'ils lui avaient fait subir.

– Tiyii et Sandra, dit la reine, vous avez le choix. Vous devenez mes esclaves et me servez fidèlement ou je vous jette en pâture à ces charmants animaux.

Tiyii se jeta aussitôt aux genoux de Sépher avec une

servilité qui choqua Sandra, jusqu'au moment où elle songea que la vie de son amie était en jeu et non la sienne.

– Je jure de te servir jusqu'à la mort, grande reine, et mon amie fera de même.

– Très bien, on va vous désigner une chambre et vous pourrez vous y reposer cette nuit. Demain, Tiyii, tu seras attachée à mon service personnel. Aujourd'hui, malgré toi, tu m'as donné beaucoup de plaisir, j'espère que demain, volontairement, tu sauras m'en donner un peu. Quant à toi, Sandra, tu sembles forte et tu feras donc partie d'une des patrouilles qui surveillent mon fief. N'essaie pas de t'enfuir, mes gardes sauraient te retrouver et ta mort serait des plus déplaisantes.

Sur ces mots la reine s'éloigna tandis que deux femmes soldats conduisaient Sandra et Tiyii dans l'aile est du château qui servait de casernement. Elle leur désigna une petite chambre qu'elle ferma au verrou de l'extérieur. Sandra, épuisée, se laissa tomber sur l'une des deux couchettes, tandis que le premier geste de Tiyii fut d'ôter son soutien-gorge et d'examiner l'état de sa poitrine. La chair était complètement cicatrisée mais était encore un peu rosée par rapport au reste du corps. Tiyii se considéra un instant puis elle se laissa tomber en sanglots sur son lit. Sandra vint lui caresser la nuque et lui murmurer des paroles apaisantes.

– Tu t'en moques, toi, gémit Tiyii, quand tu te réveilleras tu auras retrouvé tes seins, mais moi je suis devenue un monstre, plus jamais un homme ne voudra m'aimer!

– Tu es encore très belle, Tiyii, même ainsi. Ecoute, tu vas rester ici sagement, sans faire de folie, tu dois avant tout protéger ta vie. Demain, au cours de la patrouille, je fuirai à la première occasion et j'essaierai de retourner dans l'Aï-Dpur prévenir Hoynar. Si je suis tuée, tant pis, je commencerai mon prochain voyage par les Basses Terres, voilà tout.

Toute la nuit Sandra dut consoler la malheureuse Tiyii, secouée de crises de larmes et hantée par l'idée du suicide. L'endormissement les prit seulement au petit matin. Lorsqu'on vint les chercher pour prendre leur service respectif, les deux amies s'embrassèrent longuement et Tiyii pleura encore beaucoup; elles savaient qu'elles ne se reverraient probablement jamais.

Sandra fut conduite au quartier des guerrières; là elle reçut une épée et une lance, puis on lui indiqua son chef de patrouille, une grande femme brune nommée Yiorhnick. Celle-ci rassembla ses soldats, douze en tout, et leur dit :

– Le secteur qui nous a été attribué aujourd'hui est celui du mont Thagn. Les brigands s'y aventurent rarement, en revanche les frelons lactifères y abondent, il faudra donc être constamment sur nos gardes. Toi, la nouvelle, tu resteras près de moi. Allons-y.

La troupe passa au corral chercher des mulets puis quitta le château de Sépher. Sandra constata avec plaisir qu'elle s'engageait sur le chemin que Tiyii et elle avaient pris pour venir. La chevauchée dura deux bonnes heures, puis la petite troupe arriva au pied d'une montagne d'altitude moyenne. Des zones boisées alternaient avec de la pierraille et seul le sommet était constitué de rocs dénudés. Yiorhnick divisa sa troupe en deux groupes de cinq guerrières et leur fit commencer l'ascension de la montagne par les versants est et ouest.

– Lemnir restera ici pour garder les mulets, ajouta-t-elle, je vous attendrai au refuge central que vous connaissez déjà, la nouvelle viendra avec moi.

Une fois les deux groupes partis, elle ajouta à l'intention de Sandra :

– Si tu tentes de fuir, je t'enfonce mon épée dans le ventre. Maintenant, prends ce sentier et avance.

La jeune femme entreprit l'ascension directe de la montagne qui ne se révéla pas trop malaisée. Après une demi-heure de montée, elle aperçut un véritable essaim de frelons qui fonçait sur le versant est de la montagne. Elle le montra à Yiorhnik qui jura.

– Ils vont attaquer le groupe de Letha. Viens, courons!

Et la guerrière s'élança au pas de course dans la direction de l'essaim. Elle tomba dix mètres plus loin, la lance de Sandra fichée entre les deux épaules. La jeune femme ramassa l'arbalète de Yiorhnik et poursuivit vers l'est, escomptant que l'essaim, après avoir trouvé des proies dans cette région, émigrerait ailleurs. Elle rencontra le groupe de Letha au bout d'une heure de marche; les cinq femmes étaient paralysées, étendues sur le dos, le regard rivé au ciel. Elle ne s'attarda pas à les achever et poursuivit sa route; dans cette direction, elle était au moins sûre que la voie était libre. Elle marchait le tête levée et butait fréquemment sur les pierres du chemin; une fois, elle manqua tomber dans une crevasse qu'elle n'avait pas vue. A un détour du chemin, elle découvrit un petit lac d'eau claire comme celui dans lequel elle s'était baignée avec Tiyii. Sur son bord, un couple de jeunes amants était étendu. Les frelons avaient dû les surprendre en plein congrès amoureux car le sexe du garçon restait dressé dans un ultime défi au destin. Prise de pitié, Sandra ne put s'empêcher de s'approcher d'eux; elle avait souvent vu des femmes enceintes, mais leur ventre n'était rien en comparaison de ce qu'elle découvrait là. L'abdomen de la fille, comme celui du garçon, formait un véritable ballon qu'on sentait prêt à éclater. Sandra supposa que les larves n'allaient plus tarder à sortir car elle n'avait jamais vu de corps distendus à ce point. Elle tira son épée et la plongea dans le cœur des deux malheureux.

Avant de quitter les lieux, la jeune femme se trempa tout habillée et armée dans les eaux du lac. Ainsi rafraîchie, elle reprit sa route vers le sommet; de là seulement elle aurait une chance d'apercevoir le mont Phlegn et de pouvoir regagner l'Aï-Dpur. Au bout d'un moment, elle résolut d'abandonner l'uniforme des soldats de la reine Sépher qui la ferait immanquablement identifier si une autre patrouille l'apercevait de loin. C'est ainsi qu'elle poursuivit sa route, nue, l'épée à la main et l'arbalète en bandoulière.

Elle n'était plus qu'à quelques lacets du sommet lorsque trois frelons l'attaquèrent. Un genou en terre, comme elle l'avait vu faire à Thyrsée, Sandra visa posément et abattit l'un d'eux, puis elle attendit l'attaque du second, l'épée à la main. L'animal alla s'empaler sur l'arme mais la lui arracha des mains tant le choc fut brutal. Presque en même temps elle sentit la piqûre du troisième insecte et un trouble étrange l'envahit; elle se laissa glisser à la renverse contre le remblai du chemin. Comme au ralenti, elle vit le frelon se poser sur son ventre et y enfoncer profondément sa tarière avant de reprendre son vol. Tout cela lui paraissait désormais irréel. Elle était consciente dans sa paralysie, mais d'une conscience particulière qui la laissait indifférente à son sort. Elle ne souffrait pas, ne ressentait aucun besoin, aucun désir, elle était là tout simplement, bien, tranquille. Le temps n'avait plus de sens pour elle et elle n'aurait pu dire s'il y avait une heure ou un jour qu'elle était étendue ainsi. Accotée comme elle l'était contre le talus, elle apercevait son corps et vit bientôt son ventre enfler, d'abord modérément, puis de plus en plus. Elle ne s'en étonna pas, perdue dans sa demi-inconscience. Une pensée lui traversa l'esprit, elle devait faire quelque chose pour

Tiyii, mais qui était Tiyii? Elle aurait été bien incapable de le dire.

Plus tard, son ventre devint si énorme qu'il boucha pratiquement tout son champ de vision. Sandra se sentait parfaitement bien, libérée de toute contingence; pour la première fois de sa vie depuis sa petite enfance, elle se savait à l'abri de toute menace, isolée du reste du monde. Une douce torpeur l'envahit, sa conscience se mit progressivement en sommeil; elle ne sentit même pas le passage de la vie à la mort lorsqu'une larve plus affamée que les autres lui dévora le cœur.

A son réveil, Sandra se sentit parfaitement détendue, reposée. Les souvenirs hideux de l'amputation subie chez la reine Sépher s'étaient estompés. « Comme c'est étrange, songea-t-elle, tous les habitants des Hautes Terres craignent par-dessus tout de mourir sous la piqûre d'un frelon lactifère et c'est en réalité la fin la plus douce qui puisse leur échoir. Lorsque je serai retournée physiquement là-bas, j'espère disparaître ainsi, jamais je n'ai ressenti un tel bien-être. »

Lorsqu'elle descendit pour le petit déjeuner, Sandra dut se rendre à l'évidence; l'enflure de Maria Bianchini ne laissait planer aucun doute sur la rapidité anormale du développement de sa grossesse. Pourtant, elle restait tout aussi passive qu'à l'ordinaire, totalement indifférente à sa situation. Après le repas Sandra entraîna Modeste sur la terrasse et lui fit part de son intention d'aller prévenir l'abbé Laffite.

– Si vous voulez, Sandra, mais il ne peut rien, croyez-moi. Mieux vaudrait le laisser en dehors de tout cela.

– C'est impossible, je leur ai promis, à lui et à Paul Cazaubon, de les tenir au courant des développements de la situation au manoir. Je dois tenir parole.

– Comme vous voudrez, belle dame, mais cela ne servira à rien, sinon à imposer une rude épreuve à l'abbé. Je suppose néanmoins que vous ne pouvez agir autrement.

Lodaüs ne s'étant pas montré de la journée, Sandra n'eut pas à demander l'autorisation de se rendre au village. Elle s'arrêta d'abord à la pharmacie puis de là, accompagnée de Paul Cazaubon, au presbytère. La relation des derniers événements stupéfia les deux hommes. L'abbé semblait véritablement torturé, alors que le pharmacien considérait plutôt les événements sous le jour d'une sorte d'expérience scientifique.

– L'abbé exagère, dit-il. Ce Lodaüs est assez inquiétant, j'en conviens, mais ce qu'il dit ne manque pas d'intérêt, du moins d'un point de vue théorique.

– J'ai bien peur que ce soit surtout la pratique qui intéresse le châtelain, monsieur Paul. Ne prenez surtout pas ses dires à la légère, répondit Sandra.

– Je suis tout à fait d'accord avec vous, mon enfant, dit le prêtre, puisqu'il a donné rendez-vous dans quatre jours, à l'aube, à cet Isidore, quel qu'il soit, je viendrai aussi, et j'exorciserai tous ces démons s'il le faut.

– Modeste dit que vous ne pourrez rien.

– Ce jeune homme est très sympathique mais il peut se tromper; par ailleurs, quels liens le rattachent aux autres personnages réunis par Lodaüs?

– Il est différent, monsieur l'abbé. Le châtelain lui marque un certain respect, lui-même ne semble guère aimer Isidore et les autres. Au-delà, je ne puis rien dire de lui, sinon qu'il me paraît essentiellement bon et secourable. J'ai pleinement confiance en lui.

– Ne seriez-vous pas un peu amoureuse, Sandra? demanda le pharmacien.

– Pas du tout, d'ailleurs je ne l'intéresse pas, avoua la jeune femme un peu gênée. Je voulais vous dire autre chose : si vous ne me revoyez plus la semaine prochaine, ne vous inquiétez pas, je serai bien là où je vais.

Plus émue qu'elle n'aurait voulu le paraître, Sandra quitta précipitamment ses deux amis et regagna le manoir. La fin de l'après-midi se déroula sans incident notable. Le soir, la jeune femme hésita au moment d'éteindre le quatrième cierge de sa chambre; elle ne se sentait pas capable d'entreprendre déjà un nouveau cycle de vie dans le monde des Rêves d'autant qu'il allait lui falloir recommencer à partir des Basses Terres. Elle décida finalement de s'abstenir de tout voyage onirique jusqu'à son départ réel pour cet autre univers.

Le sixième jour fut aussi morne que les précédents, Maria grossissait avec indifférence, l'Oiseau hululait et Modeste partageait son temps entre la bibliothèque du manoir et de longues promenades solitaires.

– Que cherchez-vous, Modeste? lui demanda Sandra au soir de cette nouvelle journée.

– Rien de précis, belle dame, j'essaie de comprendre comment un être tel que Lodaüs a pu se développer au cours des siècles. Il existe certaines... forces destinées à empêcher cela. Mais tout ceci ne vous intéresse pas.

– Pas beaucoup, il est vrai, cela vous surprend?

– Oui, je l'avoue, vous êtes assurément la femme la moins curieuse qu'il m'ait été donné de rencontrer! A votre place, une autre m'assaillirait de questions : qui suis-je, qui sont les autres, quel est l'âge de Lodaüs, quels sont ses pouvoirs, que cherche-t-il à faire en ce moment? Or, je suis bien sûr que connaître la réponse à ces questions vous est absolument indifférent.

– Mon Dieu, oui, tout cela ne me concerne pas, pourquoi devrais-je m'en occuper? Maintenant, si vous désirez m'en parler, je vous écouterai volontiers. Plus le temps passe et plus je m'ennuie ici! Tenez, dites-moi si vous pensez que le châtelain est totalement mauvais?

– Question difficile, Sandra, il est mauvais, c'est certain, et pourtant il serait faux de dire que son esprit est tourné vers le mal. Pour prendre une comparaison, je dirais que le radium n'est pas mauvais en soi et pourtant il est mortel pour qui s'expose à son rayonnement. Il en est de même pour notre hôte, les notions de bien et de mal lui sont devenues complètement étrangères et il considère les êtres humains comme des pions sans importance. Vous n'existez tout simplement pas à ses yeux, aussi vous aurait-il sacrifié à son expérience sans hésitation, mais pas dans le but de vous faire du mal ou de vous nuire; pour lui vous êtes un objet qui a rempli son office, c'est tout.

– C'est aussi l'impression que j'ai eue, je veux dire : de ne pas exister à ses yeux. Son chat fait plus attention à moi que lui! Mais il me paraît moins redoutable qu'Isidore, celui-là me fait peur.

– Vous parlez là de choses que vous ne connaissez pas, Sandra, et je ne puis rien vous expliquer. Peut-être l'écho du drame qui va se jouer ici parviendra-t-il dans le monde des Rêves et comprendrez-vous un jour. Peut-être...

– Cela ne fait rien, Modeste, venez, montons nous coucher, je ne me sens bien qu'au lit, abrutie de somnifères.

Le septième jour Maria Bianchini fut prise de malaises et Sandra craignit un moment un accouchement prématuré, puis la crise passa. Le châtelain et son familier ne se montrèrent pas non plus ce jour-là, et Modeste explora les terres du domaine toute la journée, au point de ne pas reparaître au repas du soir. Sandra, très inquiète pour lui, attendit son retour en lisant dans sa chambre. Enfin, elle reconnut son pas dans l'escalier et se précipita.

– J'ai vraiment eu peur, Modeste, que vous est-il arrivé?

– Vous auriez eu bien plus peur si vous m'aviez suivie, belle dame. Je suis retourné à la sculpture que nous avons découverte ensemble et, cette fois, j'ai réussi à faire fonctionner le mécanisme de la porte. Le domaine de R. communique bien avec des mondes démoniaques, je veux dire peuplés d'entités que l'on nomme par habitude démons. A une époque reculée, avant le règne de l'homme, ils furent les dieux de la Terre et certains rêvent de le redevenir. Ce fut une expérience intéressante quoique un peu fatigante. Je boirais bien quelque chose.

– Je n'ai que de l'eau, s'excusa Sandra.

– Cela ne fait rien, donnez.

La jeune femme versa un verre d'eau de la cruche placée sur son lavabo et le lui tendit. Modeste en but une gorgée, fit la grimace, passa la main droite sur le verre et Sandra vit l'eau s'assombrir et prendre la couleur du vin. Modeste le but d'un trait.

– Mais... vous l'avez changé en vin...

– Oui, c'est meilleur ainsi, belle dame, et cela redonne des forces.

Sandra le considérait, les yeux exorbités par la surprise. Soudain une idée parut lui traverser l'esprit et sa bouche s'ouvrit de stupeur. Modeste éclata de rire en la voyant ainsi.

– Vous ressemblez à un poisson sorti de l'eau, Sandra, ne faites pas cette tête-là.

– Ce n'est n'est pas possible, murmura la jeune femme, autant pour elle-même que pour son compagnon, vous seriez...

– Ne concluez pas trop vite, je ne suis pas le seul à pouvoir réaliser ce petit tour, Lodaüs pourrait en faire autant, et d'autres encore. Je suis Modeste tout simplement, ce sera ma gloire de le rester.

Le huitième jour, un calme et un silence plus accentués encore qu'à l'ordinaire régnèrent dans le manoir. Pas un frémissement de vent ne vint agiter les branches des arbres, pas un bruit de l'extérieur ne parvint jusqu'à la terrasse. On aurait dit que la nature elle-même suspendait son souffle dans l'attente des événements prodigieux qui allaient se produire.

Maria Bianchini avait encore grossi et ne se déplaçait plus qu'avec peine. Elle refusa néanmoins les offres de service de Sandra, comme si elle se défiait d'elle. L'Oiseau lui-même restait silencieux, assis par terre sur la terrasse. Il resta à la même place toute la journée, sans bouger.

– Je me sens oppressée, Modeste, je voudrais bien que tout cela soit terminé. J'ai peur...

– Vous ne risquez rien, Sandra, je saurai forcer Lodaüs à tenir sa promesse.

– Est-il seulement encore ici? Il n'a toujours pas reparu.

– Il est enfermé dans son laboratoire, soyez-en sûre, il est bien trop orgueilleux pour laisser le champ libre à Isidore demain. Nous ne le reverrons pas d'ici là.

– Qu'adviendra-t-il de vous, Modeste?

– Je retournerai au royaume des morts que je n'aurais pas dû quitter.

– Faut-il vraiment que vous mouriez, ne pourriez-vous venir dans le monde onirique avec moi?

– Vous ne pouvez comprendre, Sandra. Ma gloire exige que je rentre dans l'ombre, mais un jour sans doute les hommes auront à nouveau suffisamment besoin de moi pour que je réapparaisse. Alors, je reviendrai.

FEU ou l'Ouroboros

A l'aube du neuvième jour, il y eut un grand éclair dans le ciel sans nuages. Un éclair muet, sans tonnerre, chargé de menaces et de prodiges.

Sandra l'aperçut à travers la fenêtre de la grand'salle Et sut que l'heure était arrivée. Malgré elle, sa chair se hérissa, un insidieux frisson la parcourut. Elle posa sa main sur le bras de Modeste, quêtant un appui. Il lui sourit gentiment mais éloigna son bras. Une lente mélopée à l'orgue s'éleva du petit salon : ainsi Aï-d'Moloch, au moins, était là.

A l'aube du neuvième jour, Isidore Archèn, le vagabond, réapparut. Une subtile différence altérait ses traits, son visage ne reflétait plus aucune hésitation, on le sentait porté par une colère surhumaine. Etait-il homme ou diable, comme le pensait l'abbé Laffite, la jeune femme n'en savait rien; mais, démon ou mortel, qu'importait, le vagabond était là et le cercle venait de se fermer. Le drame allait pouvoir se jouer.

La vie, qui depuis la veille semblait suspendue, reprit son cours dès l'apparition d'Isidore Archèn. Le vent balaya de nouveau la terrasse du manoir et les bruits de la terre redevinrent perceptibles.

Isidore Archèn alla droit au portail d'entrée et en souleva par trois fois le marteau. Ce dernier se détacha au dernier heurt et vint rouler aux pieds de l'homme qui pénétra dans le manoir en articulant d'une voix forte :

– Ainsi finissent tous ceux qui s'opposent à ma volonté!

Peu après l'imposante figure du vagabond apparut à la porte de la grand'salle et Sandra sentit la peur lui tordre le ventre. Il s'arrêta devant elle et ses yeux la fouillèrent longuement.

– Femme, il est temps pour toi de partir si tu veux sauver ton âme, dit-il.

L'Oiseau se leva et, d'une démarche posée qu'elle ne lui connaissait pas, s'approcha du vagabond.

– Ainsi, il est l'heure, Seigneur?

– Ainsi, il est l'heure.

Sandra et Modeste se reculèrent jusqu'au mur. Il semblait plus curieux qu'ému, tandis que la jeune femme était positivement terrifiée.

Derechef la voix du vagabond tonna :

– Désormais je suis le Maître de cette demeure et je somme tous ceux qui y résident de comparaître devant moi!

Tandis qu'il parlait la porte du salon s'ouvrit, livrant passage à Joachim Lodaüs et Aï-d'Moloch.

– Comparaître n'est pas le mot, Isidore, n'est-ce pas moi qui t'ai convoqué pour ce matin?

Une flambée de rage colora le visage du vagabond, il pointa un doigt menaçant sur le châtelain.

– Tu oses encore me braver! Tu te crois tout-puissant parce que depuis six ou sept siècles tu encombres la Terre de ta pourriture, mais tu te trompes. Souviens-toi que tu n'es ni dieu ni diable, seulement un humain présomptueux soumis à l'apparition et à la disparition, comme tu le disais si bien l'autre jour. Sache qu'il est temps pour toi de disparaître.

– Peut-être. J'en doute. Mais auparavant tu vas avoir un autre problème à régler.

Faisant écho à la phrase de Lodaüs, un hurlement de Maria Bianchini vint annoncer que l'enfantement commençait. Sandra se précipita et, aidée de Modeste, l'allongea sur un canapé. Isidore Archèn, visiblement surpris, s'approcha de la femme et considéra un instant son ventre gonflé que l'infirmière venait de mettre à nu.

– Cela n'était pas prévu, qu'a donc voulu faire ce monstre? demanda-t-il à l'Oiseau.

– Je l'ignore, Seigneur, je n'ai retrouvé la maîtrise de mes facultés que ce matin.

Le vagabond se retourna vers l'endroit où se tenaient précédemment le châtelain et son chat; ils avaient disparu silencieusement.

– Il a fui, mais je saurais le retrouver, dussé-je détruire cette maison pierre par pierre.

– Elle sera détruite, Seigneur, répéta l'Oiseau en une sorte d'écho sinistre.

Un double cri retentit, le hurlement de délivrance de Maria, mais aussi le cri d'horreur de Sandra qui s'effondra dans les bras de Modeste en proie à une crise de larmes. A cet instant précis le tonnerre retentit pour la première fois. Modeste soutint la jeune femme jusqu'à un siège puis voulut examiner la cause de son effroi. L'enfant lui resta caché par Isidore et l'Oiseau qui l'examinaient longuement; à la fin le vagabond se redressa et hurla :

– Ainsi, c'est « cela » qu'il a voulu recréer! Nous avons été abusés, notre vengeance n'en sera que plus terrible et cet être disparaîtra en même temps que son créateur.

La voix altérée de l'Oiseau l'interrompit :

– Regardez, Seigneur, il grandit!

Le vagabond se pencha une nouvelle fois.

– C'était à prévoir, au cours de son développement embryonnaire les jours comptaient pour des mois, maintenant qu'il est né, ce sont les heures qui vont compter pour des années.

– Faut-il le tuer tout de suite, Seigneur?

– Non, attends, ce serait trop facile, laissons-le grandir; l'échec n'en sera que plus sensible pour Lodaüs. Viens, cherchons-le.

Les deux hommes quittèrent la salle en direction de la terrasse. Par la porte ouverte, une bouffée d'air brûlant pénétra à l'intérieur, la chaleur devait être torride et, pourtant, le jour n'était pas encore levé. L'orage maintenant faisait rage au-dessus du manoir. La sueur coulait sur le visage de Sandra qui était devenue d'une pâleur terreuse; elle restait affalée sur sa chaise, le regard vide. Modeste alla prendre une carafe d'eau et lui en jeta le contenu au visage; un peu de couleur y réapparut. Sandra reprit ses esprits et lui agrippa le bras.

– Modeste, supplia-t-elle, ce n'est pas vrai! Dites-moi que j'ai rêvé...

– Je n'ai pas encore vu l'enfant...

– Un enfant, cette chose immonde! Je ne pourrai jamais oublier cette vision d'horreur.... Vit-il encore?

Autant par curiosité que pour répondre à sa question, Modeste s'approcha du canapé sur lequel était étendue la femme Bianccchini. L'*enfant* vivait, il avait même à présent une taille respectable. A sa vue, il resta figé de stupeur : il ne pouvait détacher son regard de la chose et la détaillait, comme hypnotisé.

Ce n'était pas un être humain mais la réplique exacte des Anciens Dieux qui avaient régné sur Terre bien avant la période anté-cambrienne. Tout y était : les tentacules multiples, le corps formé d'angles anormaux et l'œil empreint de malignité. Modeste reconnaissait parfaitement l'être immonde représenté sur la sculpture de la falaise et qu'il avait entr'aperçu ensuite en pénétrant dans la caverne basaltique. Les tentacules du monstre remuèrent et il se dégagea quelque chose de si parfaitement obscène de ce mouvement que le jeune homme recula, pris de nausée. Il se força à regarder Maria Bianchini, retombée dans une torpeur passive, et la tira hors de la chaise longue afin de l'éloigner de la créature à laquelle elle venait de donner le jour. Il la déposa dans un fauteuil à l'autre bout de la pièce, puis il revint vers Sandra toujours prostrée sur sa chaise.

– C'est vrai, n'est-ce pas, Modeste? lui demanda-t-elle.

– Oui, vous avez bien vu. Il ne faut pas rester ici, cet être grandit rapidement et sera bientôt dangereux. Faites un effort, levez-vous.

Un coup de tonnerre les fit sursauter. Presque en même temps, ils entendirent la voix du vagabond qui hurlait des malédictions. Modeste entraîna Sandra sur la terrasse. L'Oiseau et Isidore faisaient face au balcon de la tour sur lequel se tenait Joachim Lodaüs, bravant les éléments déchaînés. Sans arrêt, le ciel était zébré d'éclairs et l'air même paraissait chargé d'effluves électriques. Lorsqu'ils sortirent, Isidore Archèn achevait une phrase dont la colère céleste leur avait caché le début :

– ... et si mon propre Verbe est insuffisant, je te maudis par Shamphalaï et les Autres Dieux, et ce éternellement!

Lointaine, la voix du châtelain tomba sur leurs têtes comme un arrêt inexorable :

– Le grand Shamphalaï est mort et les Autres Dieux ne sont plus.

Le vagabond rompit d'un pas et, d'une voix altérée, hurla encore, le poing tendu :

– Par l'Ultime Présence, je te maudis!

Et la voix lointaine et inexorable :

– L'Ultime Présence ne te connaît pas, démon subalterne!

Un cri de fureur démente jaillit de la poitrine d'Isidore, tandis que l'Oiseau se mettait à hurler, agitant désespérément ses longs bras. Alors le ciel parut se déchirer et, dans un fracas prodigieux, la foudre frappa le manoir par trois fois. En un instant l'aile nord fut la proie des flammes et le balcon de la tour s'effondra. Lodaüs avait disparu sans qu'on ait pu se rendre compte s'il avait eu le temps de se mettre à l'abri. Mais bientôt les flammes décrurent, comme privées d'oxygène, et le feu, peu à peu, s'éteignit partout. Isidore et l'Oiseau blêmirent devant cette nouvelle preuve des pouvoirs de Lodaüs.

– Le feu des enfers le dévorera bien, n'aie crainte, dussé-je y dépenser mes dernières forces! Il grillera éternellement, cela je te le promets.

Le heurt du marteau au portail les fit tous sursauter : un marteau qu'Isidore croyait avoir détruit.

– Va voir, ordonna le vagabond.

L'Oiseau s'éloigna, balançant grotesquement ses bras démesurés; l'attente parut interminable à Sandra puis, avec un tressaillement de joie, elle reconnut la voix chaude de l'abbé Laffite. En revanche, Isidore Archèn parut furieux à la vue du prêtre et l'apostropha rudement.

– Que venez-vous faire ici? Votre place n'est pas là, allez donc vous occuper de vos ouailles!

– Vous vous trompez, ma présence est partout où se manifeste le mal.

– De quel mal parlez-vous, homme de peu de foi?

– N'essayez pas de m'abuser, répondit le prêtre avec dignité; je connais les artifices du démon et je devine qui vous êtes.

Ici, l'abbé pointa un doigt accusateur sur Isidore et parut roidir sa foi contre l'assaut qu'il pressentait.

Mais la réaction provoquée par son accusation le désarçonna : un éclat de rire, ce fut tout. Un énorme éclat de rire du vagabond, de l'Oiseau et même de Maria Biancchini qui, déjà remise de l'enfantement, venait d'apparaître sur la terrasse.

Alors Isidore Archèn saisit l'abbé par le bras et le traîna dans la grand'salle jusqu'à la chaise longue où reposait le monstre qui venait de naître.

– Le démon, abbé Laffite, le voilà! hurla-t-il.

Et ses rires redoublèrent tandis que le malheureux rêtre se signait d'horreur. Il se ressaisit et aspergea la créature d'eau bénite puis, lui montrant le crucufix, lui intima l'ordre :

– *Vade retro Satanas.*

Quelque chose dans l'effrayante géométrie de l'être tentaculaire remua et la salle retentit d'un bruit qui pouvait passer pour un rire grêle.

L'abbé Laffite était pétrifié. Ce fut Maria Biancchini, s'éveillant à son tour à la conscience, qui vint à son secours.

– Ne soyez pas surpris, monsieur l'abbé, ce n'est pas un démon, au moins au sens où vous l'entendez dans votre religion. C'est la reproduction d'un des Anciens Dieux de la Terre, à l'aube des temps géologiques, que Lodaüs a créé pour se moquer de nous.

– Des anciens dieux? Je ne comprends pas... (Marc Laffite parlait d'une voix blanche.) Cette créature ne peut être que l'œuvre de Dieu ou une parodie suscitée par Satan, un homme tel que Lodaüs ne saurait avoir le pouvoir de conférer la vie!

– Hélas, monsieur le curé, vous ignorez presque tout des réalités de l'univers! Celui que nous adorons est puissant certes, mais Il n'est pas tout, et cet être échappe à sa création.

– Ce n'est pas possible... murmura le prêtre, effondré par ces révélations.

– Ne cherche pas à comprendre, prêtre, tout ceci te dépasse et, d'ailleurs, ne te concerne pas. Pars pendant qu'il en est temps encore.

Modeste et Sandra qui, à leur tour, avaient regagné la grand'salle prirent chacun l'abbé par un bras et l'entraînèrent vers l'escalier du laboratoire. Celui-ci était vide et offrait un havre de paix à l'abri du tumulte extérieur. L'abbé s'assit et s'épongea le front.

– Mes pauvres enfants, murmura-t-il, quelle épreuve! Je pense que ces gens sont des démons que Lodaüs a fait surgir de l'enfer et dont maintenant il n'est plus maître. Cette femme a voulu me tenter en me présentant habilement une forme de l'hérésie manichéenne. Quant au vagabond, je ne serais pas étonné qu'il soit lui-même Satan, bien qu'il ait paru le nier. Je vais tenter d'exorciser toute la maison.

– Croyez-moi, monsieur l'abbé, dit gentiment Modeste, renoncez à ce projet, vous faites complètement fausse route, vos exorcismes ne serviront à rien.

– Pourquoi?

– Il est des lieux et des êtres que l'on ne peut exorciser, je vous l'assure.

– Allons donc, le mal est en eux. Nous pouvons, nous devons l'extraire : c'est la volonté de Dieu!

– Vous avez la foi, c'est bien, monsieur l'abbé, répondit Modeste, mais moi je sais : vous ne pouvez rien.

Le prêtre comprit que l'arrêt était sans appel, timidement il tenta encore de demander :

– Pourtant, puisqu'il s'agit de démons...

– Il ne s'agit pas de démons, monsieur le curé.

La voix du châtelain les fit sursauter tous trois. Il était apparu silencieusement au fond du laboratoire, aussi calme et froid qu'à l'ordinaire. Sa présence sembla impressionner autant le prêtre que celle du monstre qui gisait à l'étage supérieur. Il dut faire un violent effort sur lui-même pour s'adresser à lui.

– Je ne porterai pas de jugement sur vos actes, monsieur, mais vous mettez la vie de ces deux jeunes gens en péril, vous devez les sauver si cela est en votre pouvoir.

– Je suis venu pour cela, du moins en ce qui concerne madame Fennini. Modeste, lui, restera ici : le drame qui se prépare est aussi le sien.

Ces derniers mots furent prononcés sur un ton si terrible que Sandra et le prêtre frissonnèrent. Seul Modeste ne parut pas y être sensible.

– Suivez-moi, reprit le châtelain.

Lodaüs emprunta un couloir intérieur qui évitait la grand'salle et gagna le premier étage; là il traversa la bibliothèque et sa chambre pour parvenir jusqu'à cette petite pièce vide qui lui servait de base de départ pour ses expéditions nocturnes. Sandra et Modeste découvrirent avec surprise cet endroit ignoré d'eux et dont un mur était orné d'une tapisserie représentant l'essor d'un cygne.

– Madame Fennini, êtes-vous toujours décidée à gagner physiquement l'univers onirique?

– Oui, monsieur.

– Ne faites pas cela, mon enfant, ne put s'empêcher d'intervenir l'abbé Laffite, c'est encore une de ses diableries; Paul et moi vous trouverons du travail, un foyer...

– Je regrette, monsieur l'abbé, ma décision est prise, merci pour tout ce que vous avez fait pour moi.

Elle alla ensuite vers Modeste et l'embrassa sur les deux joues.

– Qui que vous soyez, Modeste, sachez que je suis heureuse de vous avoir connu. Adieu.

Puis, se tournant vers le châtelain :

– Je suis prête, monsieur.

Lodaüs lui tendit une bourse.

– Tenez, voici vos gages, c'est de l'or du monde des Rêves que vous pourrez garder en traversant le portail d'onyx. Maintenant, asseyez-vous dans ce fauteuil et regardez fixement la tapisserie qui est devant vous. Regardez-la bien en son centre, ne relâchez pas votre attention, regardez... regardez...

Totalement hypnotisée par le dessin placé en face d'elle, Sandra était devenue insensible à tout ce qui l'entourait. Alors Lodaüs articula la formule :

Eins Yalthar phtagn autoh,
Gunaï eis Néag phalai. Yah!

Lorsqu'il prononça cette dernière syllabe, Sandra devint floue aux yeux de Modeste et de l'abbé, puis disparut progressivement. Au bout de quelques secondes, le fauteuil fut vide, exception faite d'une robe, de sous-vêtements et, à ses pieds, d'une paire de chaussures. Le châtelain se tourna alors vers le prêtre :

– Que décidez-vous, monsieur le curé? demanda-t-il avec indifférence. Regagnez-vous le village ou choisissez-vous de rester?

– Partez, monsieur l'abbé, le pressa Modeste. Il y va de votre vie et, peut-être de votre foi. Je vous en conjure, partez!

– C'est impossible, je ne puis me dérober à mon devoir, quelles qu'en doivent être les conséquences pour moi. C'est décidé, je reste.

– Alors, allez rejoindre les autres, dit sèchement Lodaüs, j'ai à faire.

Modeste et l'abbé redescendirent dans la grand'salle. Ils s'arrêtèrent pour regarder le monstre qui n'avait cessé de grandir depuis tout à l'heure. Son corps était désormais aussi volumineux que celui d'un loup et ses depuis l'aile nord jusqu'au sommet de la tour. Tout cela sans bruit, avec une minutie méprisante. Puis inaperçu de tous, l'un des tentacules du monstre surgit de la grand'salle et s'enroula brusquement autour de Modeste. Avant qu'Isidore Archèn ait eu le temps de réagir, un autre tentacule était apparu et avait déchiré la peau du front du *golem*. Désormais on apercevait clairement les lettres redoutables : AEMEATH, gravées dans sa chair. Le monstre effaça les deux premières lettres, AE, puis libéra sa victime.

Modeste, frappé à mort, tituba un instant puis tomba à genoux. Il tendit les mains vers Isidore Archèn en criant :

– Père, père, pourquoi m'avez-vous abandonné?

Et il s'écroula inanimé.

Alors les étoiles devinrent noires, le ciel se retira tel un parchemin qu'on roule et la lune prit la couleur du sang.

Le vagabond recula et la nuit cacha ses traits, quelque ressort caché venait de se briser en lui. Maria Biancchini et l'Oiseau s'étaient effrondrés en larmes sur le corps de Modeste. Puis Archèn réapparut, les traits empreints d'une sérénité nouvelle. Il releva Maria et l'Oiseau, et souleva d'un seul bras le cadavre réunissant ainsi, dans un ultime défi futile, la Vierge et la Sainte Trinité. De sa dextre tournée vers le sol, il fit jaillir la foudre et un abîme de flammes s'ouvrit sous ses pieds. Tous quatre s'y engloutirent tandis que le monstre, fait à l'image des Anciens Dieux, surgissait de la grand'salle pour y sauter à son tour. La joie sardonique qu'irradiait sa personne montrait trop bien quel serait son rôle dans cet enfer nouvellement créé.

L'abbé Laffite avait assisté à toute la scène, serrant futilement son crucifix contre sa poitrine. Peu à peu, la compréhension du véritable drame qui se déroulait sous ses yeux s'était fait jour en lui.

– Maintenant je sais...

Lorsqu'il prononça ces mots, il n'y avait plus trace de vie dans ses yeux. Qui saura jamais de quel séjour vinrent ses ultimes paroles?

En un instant tout redevint silencieux. L'aube reprit ses droits et le soleil éclaira la tour reconstituée du manoir.

A l'aube du neuvième jour, seul demeure l'antique domaine de R., hiératique et figé.

A l'aube du neuvième jour, seul demeure Joachim Lodaüs, le Maître.

Domaine de R., août 1961
Domaine de R., août 1976.

TABLE DES MATIÈRES

LITTÉRATURE GÉNÉRALE

ALLEY Robert
517* Le dernier tango à Paris

ANTHONY Evelyn
971*** Les impitoyables
1016*** Les Malaspiga

APOLLINAIRE Guillaume
704* Les onze mille verges
875* Les exploits d'un jeune Don Juan

ARSAN Emmanuelle
770**** Laure
1046*** Toute Emmanuelle

ARSENIEV Vladimir
928**** Dersou Ouzala

AVRIL Nicole
1049*** Monsieur de Lyon (mai 1980)

BARCLAY Florence L.
287** Le Rosaire

BARCLAY William
1002*** Jésus de Nazareth

BARNARD Christian
1033*** Les saisons de la nuit

BAUM Vicki
716**** Ballerina
771** Solitude (Ulle)

BENCHLEY Peter
833*** Dans les grands fonds

BENZONI Juliette
601*** Marianne, une étoile pour Napoléon - 1
602*** Marianne, une étoile pour Napoléon - 2
603**** Marianne et l'inconnu de Toscane
605**** Toi, Marianne
606*** Marianne, les lauriers de flammes - 1
607*** Marianne, les lauriers de flammes - 2
730**** Les reines tragiques
798**** Le sang, la gloire et l'amour
846**** Aventuriers du passé
884**** Par le fer ou le poison

BESSON André
1001** Le village englouti

BLATTY William Peter
630**** L'exorciste

BLIER Bertrand
543*** Les valseuses

BRESSY Nicole
706* L'éclaircie

BUCK Pearl
29**** Fils de dragon
127*** Promesse
570**** La vie n'attend pas
616** Le sari vert
738* Une histoire de Chine
782** La première femme de Yuan
853**** Viens, mon bien-aimé
891*** Une certaine étoile
999*** La belle procession

BURGER N.-R. SIMPSON G.-E.
877**** Le sous-marin du triangle du diable

BURON Nicole de
1031** Vas-y maman

CARS Guy des
47** La brute
97*** Le château de la juive
125** La tricheuse
173*** L'impure
229** La corruptrice

246** La demoiselle d'Opéra
265** Les filles de joie
295** La dame du cirque
303** Cette étrange tendresse
322** La cathédrale de haine
331** L'officier sans nom
347*** Les sept femmes
361** La maudite
376** L'habitude d'amour
Sang d'Afrique :
399** I. L'Africain
400** II. L'amoureuse
Le grand monde :
447*** I. L'alliée
448*** II. La trahison
492*** La révoltée
516** Amour de ma vie
548**** Le faussaire
615**** La vipère
639**** L'entremetteuse
696**** Une certaine dame
736*** L'insolence de sa beauté
765** L'amour s'en va-t-en guerre
809** Le donneur
841* Le mage et la boule de cristal
858** J'ose
926*** De cape et de plume - 1
927*** De cape et de plume - 2
990* Le mage et le pendule
1039*** L'envoûteuse - 1
1040*** L'envoûteuse - 2

CARS Jean des

832**** Sleeping story
1055**** Haussmann. La gloire du Second Empire (mai 80)

CARTLAND Barbara

727** Les belles amazones
751** La naïve aventurière
758** L'irrésistible amant
783** Contrebandier de l'amour
804** Une trop jolie gouvernante
828** La valse des cœurs
845*** La fée de la glace
854*** Le fantôme de Monte-Carlo
868** L'amour vient quand il veut
878*** Le printemps d'Aurelia
883*** Le retour de la belle inconnue
898** Amour secret
908** Cléona et son double
920** Les seigneurs de la côte
931** Escapade en Bavière
944** Les feux de l'amour
953*** C'est lui, le désir de mon cœur
964*** La révolte de lady Corinna
965** L'amour au bout du chemin
973** Le masque de l'amour
985*** La belle et le cavalier
993** La fiancée réticente
1003** Le terrible secret de Giselda
1014** Les hasards de l'amour
1023** L'impétueuse duchesse
1032** Le secret de Sylvina
1042** La sorcière aux yeux bleus
1052*** Les amours mexicaines (mai 1980)
1069** Les roses de Lahore (mai 1980)

CESBRON Gilbert

6** Chiens perdus sans collier
65*** Vous verrez le ciel ouvert
131** Il est plus tard que tu ne penses
365* Ce siècle appelle au secours
379** C'est Mozart qu'on assassine
454* L'homme seul
565* Une sentinelle attend l'aurore
634*** Je suis mal dans ta peau
851**** Ce qu'on appelle vivre
979** La ville couronnée d'épines

CHAIX Marie

597** Les lauriers du lac de Constance
972** Les silences ou la vie d'une femme

CHARLES Theresa

873*** Le chirurgien de Saint-Chad
874*** Inez, infirmière de Saint-Chad
945*** Un amour à Saint-Chad
994** Crise à Saint-Chad
1035** Fidèle à un rêve

CHOW CHING LIE

859*** Le palanquin des larmes

CHRISTIE Agatha
124** Loin de vous ce printemps

CLANCIER Georges-Emmanuel
Le pain noir :
651*** I. Le pain noir
652*** II. La fabrique du roi
653**** III. Les drapeaux de la ville
654*** IV. La dernière saison
810**** L'éternité plus un jour - 1
811**** L'éternité plus un jour - 2

CLAVEL Bernard
290* Le tonnerre de Dieu
300* Le voyage du père
309*** L'Espagnol
324* Malataverne
333** L'hercule sur la place
457* Le tambour du bief
474* Le massacre des innocents
522**** La maison des autres
523**** Celui qui voulait voir la mer
524**** Le cœur des vivants
525**** Les fruits de l'hiver
590** Le seigneur du fleuve
611* Victoire au Mans
658* Pirates du Rhône
742*** Le silence des armes
916*** Ecrit sur la neige

CLELAND John
711*** Les mémoires de Fanny Hill

CLERC Michel
750**** Bakchich

COLETTE
2* Le blé en herbe

CONSTANTINE Eddie
805**** Le propriétaire

CORMAN Avery
1044*** Kramer contre Kramer (mai 1980)

COTTE Jean-Louis
560*** Les semailles du ciel
907**** La vallée des justes

COYNE John
1070** Psychose phase 3

CURTIS Jean-Louis
312** La parade
321** Un jeune couple
348* L'échelle de soie
413** Le thé sous les cyprès
514**** Les forêts de la nuit
831** L'étage noble

CUSSLER Clive
892**** Renflouez le Titanic!

DALLAYRAC Dominique
1051*** Et le bonheur, maman?

DAUDET Alphonse
34* Tartarin de Tarascon
414* Tartarin sur les Alpes
844* Lettres de mon moulin

DAVENAT Colette
641** Deborah : Le printemps des amours - 1
642** Deborah : Le printemps des amours - 2
643** Deborah : L'amour aux cent facettes - 1
644*** Deborah : L'amour aux cent facettes - 2
645*** Deborah : Paris des passions - 1
646*** Deborah : Paris des passions - 2
647*** Deborah : Le complot d'Irlande
648**** Deborah : L'ombre de la hache

DELLY
888* Les heures de la vie
889** Les ombres
890*** Mitsi
921** La rose qui tue
922** Le candélabre du temple
987** La chatte blanche
1004* L'infidèle
1015** Les deux crimes de Thècle
1053* Le fruit mur (mai 1980)

DEMOUZON
882*** Mouche
919*** Un coup pourri
1017*** Le premier né d'Egypte

DESMAREST Marie-Anne
970*** Torrents
1024** Jan Yvarsen

DHOTEL André
61** Le pays où l'on n'arrive jamais

DOCTOROW E. L.
825*** Ragtime

DOFF Neel
766*** Jours de famine et de détresse

DUBOIS Jacqueline
852*** Le petit Octobre

FAURE Lucie
826** Un crime si juste

FERRIERE Jean-Pierre
818*** La femme en néon
933*** La nuit de Mme Hyde
1027*** Des relations de plage

FLAUBERT Gustave
103** Madame Bovary

FLYNN Errol
974**** Mes 400 coups

FRISON-ROCHE
775*** La vallée sans hommes
866*** Carnets sahariens
936*** Premier de cordée
951*** La grande crevasse
960*** Retour à la montagne
1054*** La piste oubliée (mai 80)

FULLER Roger
998** Carnaval à Peyton Place

GAILLARD Robert
893*** Marie des Isles - 1
894*** Marie des Isles - 2
895*** Marie des Isles - 3
896*** Marie des Isles - 4
940*** Marie Galante - 1
941*** Marie Galante - 2
942*** Marie Galante - 3
943*** Marie Galante - 4
981*** Capitaine Le Fort - 1
982*** Capitaine Le Fort - 2
983*** Capitaine Le Fort - 3
984*** Capitaine Le Fort - 4
1025*** L'héritier des Isles - 1
1026*** L'héritier des Isles - 2

GALLO Max
564* Un pas vers la mer
662** L'oiseau des origines
La baie des Anges :
860**** I. La baie des Anges
861**** II. Le palais des Fêtes
862**** III. La promenade des Anglais

GERARD Nicole
872**** Sept ans de pénitence

GOBINEAU Marcel
788*** Stéphanie : l'amour a quatre saisons - 1
789*** Stéphanie : l'amour a quatre saisons - 2
790*** Stéphanie : Puisque je t'aime - 1
791*** Stéphanie : Puisque je t'aime - 2
792*** Stéphanie : Le prix de la liberté - 1
793*** Stéphanie : Le prix de la liberté - 2
794*** Stéphanie : Les feux du désir - 1
795*** Stéphanie : Les feux du désir - 2

GOLON Anne et Serge
667*** Angélique, marquise des Anges - 1
668*** Angélique, marquise des Anges - 2
669*** Angélique, le chemin de Versailles - 1
670*** Angélique, le chemin de Versailles - 2
671*** Angélique et le roy - 1
672*** Angélique et le roy - 2
673*** Indomptable Angélique - 1
674*** Indomptable Angélique - 2
675*** Angélique se révolte - 1
676*** Angélique se révolte - 2
677*** Angélique et son amour - 1
678*** Angélique et son amour - 2
679*** Angélique et le Nouveau Monde - 1
680*** Angélique et le Nouveau Monde - 2
681*** La tentation d'Angélique-1
682*** La tentation d'Angélique-2
683*** Angélique et la Démone-1
684*** Angélique et la Démone-2
685**** Angélique et le complot des ombres

GRADY James
709* Les trois jours du Condor

GRAY Martin
839** Le livre de la vie
840** Les forces de la vie

GREGOIRE Menie
824**** Telle que je suis

GROULT Flora
518* Maxime ou la déchirure
897** Un seul ennui, les jours raccourcissent

GUEST Judith
909*** Des gens comme les autres

HALEY Alex
968**** Racines - 1
969**** Racines - 2

HAWKESWORTH John
717** Maîtres et valets - 1

HEAVEN Constance
812*** La maison Kouraguine
869*** Interroge le vent
995*** Le château sous la lune
1043*** Orage en Camargue

HEBRARD Frédérique
823** Un mari c'est un mari

HOLLANDER Xaviera
838*** Madam'

HOLT Victoria
834*** La maison aux mille lanternes
899**** La porte du rêve

HOWARD Joseph
992*** Damien. La malédiction - 2

HURST Fanny
261*** Back Street

JONG Erica
816**** Le complexe d'Icare
991**** La planche de salut

KATZ Robert
827** Le pont de Cassandra

KONSALIK Heinz G.
497**** Amours sur le Don
549**** Brûlant comme le vent des steppes
578*** La passion du Dr Berg
610** Docteur Erika Werner
655*** Mourir sous les palmes
686** Aimer sous les palmes
755** Deux heures pour s'aimer
817** L'or du Zephyrus
939**** Les damnés de la Taïga
978** L'homme qui oublia son passé
1030*** L'amour est le plus fort

LARTEGUY Jean
710**** Enquête sur un crucifié
737**** Les rois mendiants
1050**** Les naufragés du soleil (mai 1980)

LEFEVRE Françoise
697* La première habitude
867* Le bout du compte

LE PORRIER Herbert
666*** Le médecin de Cordoue

LEVIN Ira
906*** Ces garçons qui venaient du Brésil

L'HOTE Jean
53** La communale
260** Confessions d'un enfant de chœur (mai 1980)

LOWERY Bruce
165* La cicatrice

LUND Doris
759*** Eric (Printemps perdu)

MARKANDAYA Kamala
117** Le riz et la mousson

MARQUET Mary
881*** Ce que j'ose dire
1034** Ce que je n'ai pas dit...

MATHIEU Dr Gustave
1036**** La santé grâce aux plantes

MATTHEWS Patricia
1056**** La maîtresse de Malvern (mai 1980)

McCULLOUGH Colleen
1021**** Les oiseaux se cachent pour mourir - 1
1022**** Les oiseaux se cachent pour mourir - 2

METALIOUS Grace
849*** Peyton Place - 1
850*** Peyton Place - 2
905**** Retour à Peyton Place

MICHAUD Dr Jacques
946** Médecines ésotériques, médecine de demain
949**** Pour une médecine différente

MORRIS Edita
141* Les fleurs d'Hiroshima

MOUSTIERS Pierre
802* Un crime de notre temps

NERY Gérard
743** Julie Crèvecœur - 1
744** Julie Crèvecœur - 2
745** Julie Crèvecœur - 3
746** Julie Crèvecœur - 4
747** Julie Crèvecœur - 5
748** Julie Crèvecœur - 6
932*** Norma Désir
986*** Les nuits d'Hollywood

PALAISEUL Jean
912*** Tous les espoirs de guérir - 1
913*** Tous les espoirs de guérir - 2
914*** Tous les espoirs de guérir - 3

PARTURIER Françoise
1012**** Calamité, mon amour

PAUWELS L. et BRETON G.
959*** Histoires magiques de l'Histoire de France

PEREC Georges
259* Les choses

PEYREFITTE Alain
937*** Quand la Chine s'éveillera... - 1
938*** Quand la Chine s'éveillera... - 2

PEYREFITTE Roger
17*** Les amitiés particulières
416** Notre amour
430** Les clés de Saint Pierre
473* La coloquinte
487** Manouche

REID P. R.
661** Colditz

RENARD Jules
11* Poil de carotte

RHODES Evan H.
819** Le prince de Central Park

ROBBINS Harold
733**** L'empire des rêves
917*** Les ambitieux - 1
918*** Les ambitieux - 2
961*** Une femme solitaire - 1
962*** Une femme solitaire - 2

ROGERS Rosemary
929*** Le métis - 1
930*** Le métis - 2
952**** Amour tendre, amour sauvage

ROSSI Jean-Baptiste
354** Les mal partis

SADOUL Jacques
1000** La passion selon Satan
1045** Le jardin de la licorne

SAGAN Françoise
461* Un peu de soleil dans l'eau froide
553* Des bleus à l'âme
702* Un profil perdu
915*** Le lit défait

SAINT-ALBAN Dominique
Noële aux Quatre Vents
441** I. Les Quatre Vents
442** II. Noële autour du monde
443** III. Les chemins de Hongrie
444** IV. Concerto pour la main gauche
445** V. L'enfant des Quatre Vents
446** VI. L'amour aux Quatre Vents
Anne, jour après jour :
635*** 1 - Anne, jour après jour
636*** 2 - Le château de la mer
699*** 3 - Les marronniers du Ranelagh

SAINT-LAURENT Cécil
703*** La bourgeoise
1041**** La mutante

SCHREIBER Flora Rheta
777**** Sybil

SCHWEITZER Albert
596* Souvenirs de mon enfance

SEARLS Hank
963*** Les dents de la mer 2e partie

SEGAL Erich
412* Love story

SELINKO Annemarie
489** J'étais une jeune fille laide

SELTZER David
796** La malédiction

SUSANN Jacqueline
690*** Une fois ne suffit pas - 1
691*** Une fois ne suffit pas - 2
781** Dolorès

TROYAT Henri
10* La neige en deuil
La lumière des justes :
272*** I. Les compagnons du coquelicot
274*** II. La Barynia
276*** III. La gloire des vaincus
278*** IV. Les dames de Sibérie
280*** V. Sophie ou la fin des combats
323* Le geste d'Eve
Les Eygletière :
344*** I. Les Eygletière
345*** II. La faim des lionceaux
346*** III. La malandre
559** La pierre, la feuille et les ciseaux
619** Anne Prédaille
Le Moscovite :
762** I. Le Moscovite
763** II. Les désordres secrets
764** III. Les feux du matin
801*** Grimbosq
950** Le front dans les nuages

URIS Léon
863**** Trinité - 1
864**** Trinité - 2
865**** Trinité - 3

VAUTRIN Denyse
1009**** Le tourbillon des jours - 1
1010**** Le tourbillon des jours - 2
1011**** Le tourbillon des jours - 3

VIALAR Paul
501*** Mon seul amour
980** Le triangle de fer

VILALLONGA José-Luis de
493* Fiesta
876** Solo

VILLAMONT Viviane
1013**** Le Guêpiot

WALKER Margaret
842*** Jubilee - 1
843*** Jubilee - 2

WEBB Mary
63*** La renarde

WOODIWISS Kathleen E.
772**** Quand l'ouragan s'apaise
820**** Le loup et la colombe

WOUK Herman
575**** Le souffle de la guerre - 1
576**** Le souffle de la guerre - 2
577**** Le souffle de la guerre - 3

ZOLA Emile
900*** L'assommoir
901*** Germinal
902*** La terre
954*** Nana
955*** La bête humaine
1008** La fortune des Rougon
1018** Thérèse Raquin

Editions J'ai Lu, 31, rue de Tournon, 75006 Paris

diffusion
France et étranger : Flammarion, Paris
Suisse : Office du Livre, Fribourg
Canada : Flammarion Ltée, Montréal

Achevé d'imprimer sur les presses de l'imprimerie Brodard et Taupin
7, Bd Romain-Rolland, Montrouge. Usine de La Flèche,
le 18 mars 1980
1090-5 Dépôt Légal 1er trimestre 1980 ISBN : 2 - 277 - 21045 - 5
Imprimé en France